Centre Court

センターコート 上

中庭球児
NAKANIWA KYUJI

幻冬舎 MC

センターコート（上）

センターコート【上巻】目次

装画　小池　柊

プロローグ

三寒四温の『温』が勝ち越した一日、日曜の午後。この季節には珍しくコート上は無風で、絶好のテニス日和だった。

ベアーズテニスクラブの事務所建屋はすべてのコートのほぼ中央に位置し、その二階は全面ガラス張りで、周囲を一望できる構造になっていた。

待機のコーチは二人。空き時間ではあるが、コート上のトラブルにいつでも対応できるよう、全体に目を光らせておくのが暗黙の了解だった。従って特定のコート、特定の人物に視点を集中させるのはあまりよろしくない事である。だがそのよろしくない事が起こっていた。しかも二人同時に、だ。

「また来てますよ」秋山が呟く。明らかに不満げなトーンだ。

「う～ん」夏木は、聞いているのかいないのか、気の無い返事だ。

『その男』が今日もコートに現れた。ストレッチを行っている。

「あの三人が、うちの最後の砦です。もう素人じゃ太刀打ちできないですよ」

「………」秋山の言葉に、夏木は反応しない。秋山も黙り、暫しの沈黙が続いた。

『その男』とあの三人、合計四人でダブルスを行う。四人は軽いウォーミングアップから、試合前のストロークラリーに移行している。

　秋山と夏木は会話はしているが、お互いの顔は見ていない。二人とも視線はその男のいるコート上だった。思い出したかの様に、夏木が口を開く。

「このゲーム、ブッキングしたの、誰だ？」

「ハルに決まってるじゃないですか！　全く、何考えてるんだ、あいつ」秋山は続ける。

「いいんですか？　このままで」少し強い口調だ。

「このままでいいのかって、どういう意味だよ！」夏木のカウンターに、秋山がややたじろぐ。この時初めて秋山は夏木に対峙した。本当はさらに強い口調で、こう言ってやろうと思っていた。（あの人のおかげで何人会員さんが辞めたと思っているんですか！　どれだけの人に迷惑が掛かっていると思っているんですか！　このままだとうちのクラブはメチャクチャです。そもそも夏木ヘッドはあの男とどういう関係なんですか！）ところが実際は、

「あの人のおかげでなんに、ん」まで言ったと同時、いや途中までの言葉に有無を言わせない勢いと大声で、

「始まるぞ！」と、被せられた。

　矢吹丈のクロスカウンターよろしく、ノックアウトされた秋山は、その後は一言も言葉を発せない。その通りその男の試合が始まった。その後、交わらない二人の視線は、その男に釘付けにされる。

その男以外も屈指のメンバーだった。当クラブナンバー1、2、3といって良いだろう。腕前は、アマチュアとしては最高レベルだ。試合が始まる。ファーストゲームはリターンから。その男の今日のパートはデュースサイドだった。

第一ポイント。ナンバー1の男のフラットサーブがTライン上へ。完璧なサーブだ。並の、いや相当なレシーバーでもほぼノータッチのエースだ。それぐらい素晴らしいサービスだった。

だが一瞬で状況は逆転する。その男が裏手に伸ばした右腕の延長線上のラケットは、ショートバウンドで、その完璧なサーブを捕らえる。間違いなくその男が意識的に捕らえているのだが、傍から見ると、男が事前に伸ばしていたラケットに、サーバー側が当てにいったかの様な錯覚に囚われる情景だった。ロブ。

フラフラッと上がった打球はネットへ詰めていた相手前衛へ。ジャンプして伸ばしたラケットが、ギリギリ届かない高さで頭上を飛び越えていく。捕れそうで捕れない。

そして後衛、つまりサーバーは油断していた。普通男子ダブルスの場合、サーバーはほぼほぼサービスダッシュするのが定石だ。エースだろうと勝手に思い込んでいた為惰性で前に出ていた。スプリットステップを踏んでいない。カウンターの如く打球は自分の左横を掠めていく。

絶妙のスピード、高さ、コースをコントロールされたボールは、エンドライン付近にイン。その後は静かにバックネットにバウンドしていった。球筋はゆっくりでもノータッチのリターンウィナー！

(0－15) ラブフィフティーン。

第二ポイントはアドサイドのレシーバーがリターンミスして (15－15) フィフティーンオール。

第三ポイント。今度はスライスサーブをワイドへ。スピードを殺し、タイミングを外したこれもグッドなサーブだ。前衛は定石通り打球方向へ移動し、アレーコートをケアする。サーバーも打球方向へダッシュ。サーバー側から見て、陣形は全体的に左側に寄る事になる。今度はサーバー側に油断は無い。

その男は、右の手の平を相手に向ける様に、横に目一杯ラケットを伸ばす。さらにボールがラケットに当たる瞬間、小指側から親指側に手首を動かした。弾き返すというよりはボールを外側から包み込むイメージだ。打球は決して速くない。ネットをふんわりと越えるショートクロス。

打球は相手前衛を無視する。このポイントに参加する事を許さない。そして次の後衛のサーバーさえにもポイント参加の許可をしなかった。陣形が左側に移動し体重が左足に掛かったその時、逆を付いたボールはネットを越えて各々の右側を通過していく。

催眠術に掛かったが如く、二人は二人の両足を固定されたまま、呆然と打球を見送るしかなかった。ボールウオッチャー。ドーハの悲劇だ。

ハードヒットではない。しかしここもノータッチのリターンウィナー！（15－30）フィフティーンサーティ。

第四ポイント。サーバーが動揺したか、ダブルフォールト。（15－40）フィフティーンフォーティ。ブレイクポイント。

第五ポイント。サーバー側はギャンブルに出る。ファーストサーブをあえてスピードを落とし、スピンでセンターへ。前衛はリターナーのアクションをギリギリまで待ち、意識としてはワンテンポ遅らせるぐらいのタイミングでポーチに出る戦略だ。

はたしてサーブは、片手のバックハンドプレーヤーが一番力の入らない肩口の高さに見事に弾んでいった。百点満点だ。予定通り前衛がポーチ。その刹那だった。

その男は強烈な逆回転のスライスを、今度は切れのある、スピードのあるショットを放つ。爪先立ちから力道山の空手チョップよろしく、プロレスでは九時から三時に水平に切り込むイメージだが、その男は左肩口から右膝方向へ。十時半から四時半といったところか。鋭い打球はネットスレスレに、居るはずだった無人の前衛を襲い、あっという間にエンドラインに突き刺さった。レーザービームだ。

「上手い！」

二人同時だった。心の叫びは心の中に納まりきれず、無意識に有声音となって発せられた。

その男はすべてのポイントを一発で決めて見せ、すべてのポイントを相手プレーヤーに一瞬でも触れさせないノータッチのウィナーで奪い取ったのだ。

コートチェンジの間に我に返った秋山と夏木は、会員名簿を改めて見直した。

【中井貴文　四十歳　会社員】

中井①

十九年前。

『中井』は有明にいた。決勝戦だった。

人生に「たら、れば」は無い。もしあの時こうしていたら、もしあの時こうしていなければ。後悔したその時に時間を戻してやり直したい、もう一度その状況になったら今度こそ間違いなく失敗しない。人はそう思う。だが、躓いた人にいちいち時間を戻していたら、この世の秩序は保てない。そんな都合のいい話はないのだ。

しかしそれでもテニスプレーヤーの中井にとって、この日だけは無かった事にしておきたかった。悪夢の一日だった。

当時の中井の宣伝文句は「慶聖大学三年、長身に精悍なマスク、天才プレーヤー、テニス界注目のプリンス」だった。取って付けた様な、歯の浮く様な、今の時代から見れば何とも陳腐で古臭い広告だった。ただこの申し分の無い、隙の無いキャッチフレーズが、後々中井を苦しめる事になる。人は実は少しの欠点を与えられる事によって楽になる。もし中井が慶聖大学生でなかったら、低身長のずんぐりむっくりのブ男だったら、泥臭い粘りのプレースタイルだったら。その一つでも当てはまるものがあったのなら、運命は好転していたかもしれない。ただ当時の中井は悲しい程に、表面上だけはその紹介状通りだったのだ。

天才。そう、間違いなく中井は天才だった。中井は中学二年まで野球をしている。レギュラーだったが、部活に燃えているといえるほどの熱量は無かった。テニスに触れる、結果的にテニスに転向する切っ掛けとなったのは友人だった。その兄貴がテニスクラブ会員だという。中学の部活で行う軟式ではなく、硬式だ。週末兄貴とプレーをするから一度見物に来てみれば、というものだった。中井は渋々と快諾の中間ぐらいの気持ちで了解した。当日は当然流れで一緒にプレーをする事になるが、中井は初体験だ。だが天才は最初から凡人とは違い、三十分程の練習でほぼ完璧にそのコツをつかんでしまう。ルールは知っていたので、とりあえず友人からミニゲームをしてみようという事になった。話にならなかった。一応経験者のその友人を、中井は一蹴する。中井が軽く打った打球に、友人は右往左往する。中井としては不思議な感触だった。中井が振り回した打球に、友人は必死に追いつき喰らいつき、やっとの思いで打ち返すのだが、友人は何故かわざわざ中井の居るところに返球してくるのだ。無意識だった。中井は本能的に返球される位置にポジショニングしていたのだ。予測。一流プレーヤーに絶対必要な条件である。フィニッシュは友人の到底追いつけないガラガラのコート上に、ボールをポンと置いてくるが如く軽く打つだけだった。

次の対戦は兄貴と。年齢は中井の友人と十歳ほど離れていたので当時二十四、五歳であろうか。鼻息荒くテニス歴十年の自称上級者を名乗り、弟のリベンジの勢いで試合に挑んできた。結果結論相手にならず。中井が兄貴にではない。兄貴が中井の、だった。だがさすがの中井も十歳も年上の対戦相手に空気を読まざるを得ない状況だったので、表面上は兄貴を勝たせる事にした。相手のプライドを傷つけない程度にギリギリのところで負ける芝居（芝居と悟られない）をさせられたのには苦労した。

プロのコーチがスクール生によく行う接待テニスを中学生で既に行っていたのである。中井が接待テニスをしたのは後にも先にも生涯ただこの一回だけだった。

後日、さらに強い相手と。現役の大学四年生テニス部。ややこしいが、友人の兄貴の弟の同級生だ。こうなってくると、中井ももう直接の人間関係ではないので遠慮する必要は無かった。友人の兄貴の弟の同級生は、ボロ雑巾のように敗れた。中坊に叩きのめされた友人の兄貴の弟の同級生は、本格的なテニスを続ける事をあっさり断念して、一般企業へ就職した。

「柳瀬高校へ行けよ！」全国大会優勝常連の名門校だ。周囲の一致した大真面目な意見だった。中井は固辞した。理由は、全寮制で三年間坊主頭だから、だった。中井は普通の高校の普通のテニス部（一応硬式）に入部し、普通の三年間を過ごす。天才スポーツ選手によくある事だが、学業成績もトップクラスだったので、その後は慶聖大学にあっさり合格した。テニスは勿論大学でも継続していたが、必死に、とか、死に物狂いで、とかいう言葉は中井には無縁だった。

一年生で、テニス部トップになった。中井は天狗になっていた。無理もない。慶聖大学テニス部で、中井を実力で負かす者など、誰もいなかったのだから。中井の生意気な態度はこの頃から形成されていった。これによって慶聖大学テニス部の雰囲気は最悪になった。

この状況を打破すべく立ち上がったのが、顧問『伊藤虎雄』だった。伊藤は賭けに出た。いきなり中井を、プロも参加するオープン大会に出場させたのだ。大阪で行われる、その名も『大阪オープン』だ。

大会には、柳瀬高校を卒業し、中井と同学年の『竹岡佳造』が参戦していた。竹岡は大学テニスには目もくれず、高校を卒業してすぐプロの世界に入った。二人は二回戦で対戦する。才能、という観点からすれば、あるいは中井の方が上だったかもしれない。だが、結果からすると、中井の完敗だった。中井は竹岡の、愚鈍、とも呼べるテニスに屈服した。竹岡のテニスは至極簡単だった。相手が百発打ってきたならば、百一発打ち返せば良い、千発打ってきたならば、千一発打ち返せば良い、というテニス哲学だった。そのプレースタイルは、試合開始から終了まで一貫していた。捨てるポイントなど一つも無かった。中井の様な天才肌のプレーヤーにとって、最もやりにくい相手だった。中井がリードしたのは最初の三ゲームだけだった。ファーストセット終了間際にブレイクバックされ、追いつかれると、その後逆転された。セカンドセットは先にブレイクされ、中井はメンタルのコントロールができずそのままズルズルと敗戦した。

中井と竹岡の差は、テニスにおける、勝負における、人生における「覚悟」の差だった。所詮は学生の中井と、絶対に負けられないプロの竹岡には、その意識において雲泥の差があった。

竹岡はこの大会を優勝。大会後は日本を飛び出し、世界を舞台に羽ばたいていく。中井は負けた直後こそショックではあったが、その後の竹岡の活躍に刺激を受ける。テニス部に戻った中井は本気で練習に取り組む様になった。生まれて初めてテニスに真摯に向き合ったのである。

一時的に中井の鼻はへし折られたが、伊藤の賭けは吉と出た。中井の目標が明確になっていく。目標は世界だ、グランドスラムだ、と。テニス部内での生意気な態度は鳴りを潜めた。そんな暇が無くなる程、テニスに集中していったからだ。一年生ではまだ芽が出ず大学テニスのタイトルは取れなかったが、三年生になると連戦連勝。この頃になると、にわかに世間の注目が集まる様になってきた。

スポンサーが付く様になってきたのである。

だが、結果としてこのスポンサーが付いてしまった事が、中井の正確な判断を狂わせてしまった。まだまだその段階でもないのに、ひょっとして、世界を獲れるかもという、大きな勘違いをさせてしまったのだ。

中井及びその周辺関係者が目標として視野に入れていたのは、秋に開催される『東京オープン』だった。日本で開催され、ある程度の賞金があり、一定の集客が見込める数少ない大会である。主催者はATPツアー大会の昇格を目論んでおり、事実翌年には実現している。従って文字通りプロ、アマを問わず誰もが参加できるものとしては今回が最後だった。中井はアマチュアとしての目玉選手だったのだ。

『キャプソンスーパーテニス』本大会の別名である。スポンサーはカメラとOA機器メーカーの最大手キャプソン。野球やサッカーのスタジアム名にオーナー会社の名称が付くのと同じような構造だ。キャプソンは後々テニス文化が日本に根付くと睨み、本大会のスポンサーになるべく、前々からATPに打診していた。言わば今年の開催は、来年からの予行演習の様な位置付けになっていたのである。

キャプソンの一連の長期戦略の枠組みの中で中井は祭り上げられていた。それが先の中井のキャッチフレーズである。

カメラの被写体として、CMのパーソナリティとして当時の中井は格別だった。

「大学三年、爽やかな青年がアマチュアとして初優勝！　大会終了後にキャプソンが正式スポンサーになって晴れてプロ契約」これが主催者が描いた青写真だった。そして大会が始まる。

エントリーは三十二人。トーナメント形式だと五連勝で優勝である。だが中井は一回戦不戦勝だったので四回勝てばよく、極めて優位なドローだった。大会側の見えない力が働いたのかは分からない。今となっては不毛な議論である。二回戦（中井にとっては初戦）は多少の緊張もありややや梃摺ったが、それでも見事に勝ち切り白星発進。三回戦は堅さもほぐれ実力を発揮し圧勝。そして四回戦は準決勝である。対戦相手が当時の日本人トップである事から、トーナメントディレクターを始め大方のテニス関係者は、この対戦が事実上の決勝戦であると踏んでいた。混戦が予想されたがはたして結果は中井の完勝。相手選手が三十五歳のベテランという事もあり、試合観戦者には新旧交代を強く印象付ける対戦となった。

試合は、準決勝が土曜、決勝が日曜。いずれも一時試合開始。中井は土曜の準決勝をストレートで勝っていたので十分に体力が温存でき、決勝には万全の体調で臨めていた。優勝の可能性は存分にあったのだ。

当時この放送を予定していたテレビ局は『TV亜細亜』。残念ながら民放各局の中では小規模かつ弱小だ。さすがの中井も、NHKや大手の民放テレビ局を独占するまでの力は無かった。さらにそのテレビ亜細亜が用意した時間枠は四時から六時という何とも中途半端なもので、しかも日曜日のみだった。何故生中継でないのか、いや欲を言えば何故土曜枠も取れなかったのか、当時の中井にはどうしても理解できなかった。

所謂大人の事情、大人の判断だった。生中継はリスクを伴う。不測のアクシデントによる試合の中断などがあると、放送時間枠を超えてしまう可能性がある。そして何よりもTV亜細亜が恐れたのは試合内容だった。中井が放送二時間枠の中で完勝してくれる事が一番だが、その保証は無い。TV亜細亜はそれらのリスクを回避した。結果それは正解だった。放送には二重三重の保険が掛けられていたのである。

決勝の相手はエミール・カラス。旧チェコスロバキア出身。偶然中井と同い年の二十一歳。当時は、無名の若手選手の一人に過ぎなかった。

「か〜らぁす、なぜ鳴くの？　カラスの勝手でしょー」中井は馬鹿にしていた。油断していた。日本語音で『カラス』と表音される姓（苗字）は、チェコスロバキアだけでなく東欧では決して珍しくない。公でこの様な不謹慎な言動は、絶対に許される事ではないが、中井は控室など一部限られた狭い空間では暫し発していた。あとにして思えば中井の小心の裏返しであったが、表面上だけでもアドバンテージを持っていたいという気持ちも分からないではなかった。事実、中井有利の材料は山ほどあったのだ。

中井が余力を残して勝ち上がっているのに対し、カラスのそれはヨレヨレだった。これといった武器を持たないカラスは粘りのテニスに徹するしかなかった。ストローク中心のプレースタイルは一ポイント一ポイントが長くなり、必然的に試合時間も長くなる。蓄積された疲労で全身に異常をきたしていた。フルセットになった土曜の準決勝は、メディカルタイムアウトもルール限界まで使用している。加えて中井は一時からの開始だったが、カラスは三時。三時間を超える熱戦だった為、終了は日没時刻を越えていた（会場は照明を使用）。ドロー運といってしまえばそれまでだが、あまりにも不公平な決勝の組み合わせだった。二人はセミファイナルの夜を、真反対の状態で過ごす。

決勝。試合開始直前。

会場は超満員、とはならなかった。その日東京には台風が接近していた。有明は交通の便が悪い。天気予報の情報を採用すれば、試合そのものを行っている間の影響は無さそうである。だが実際には試合終了後の帰宅中の交通障害を憂慮し、観戦を敬遠する者が少なくなかった。五〜六割程度の入りであろうか。それでも主催者は断腸の思いで予定通りの開始を決定する。中止にした場合の挽回案が無かったのだ。

屋根が閉まった有明のメインコートは、どんよりとした重い空気に圧し掛かられていた。不思議なもので完全なナイトセッションならば、コートはライトに照らされそれなりの輝きがあるのだが、曇天の閉ざされた空間ではそれがない。しかも空席が目立つ疎らな観客席は、テレビ中継で最も好ましくない場景であった。プロデューサー、番組ディレクター、その他のこの大会に関わる所謂裏方全員が、絵に描いた様に苦虫を噛み潰したような顔になっていた。頼みの綱は中井だ。中井がストレートで、しかも短時間で完勝する事が唯一の中和剤だった。

中井はタイブレークで第一セットを落とす。

ストローク戦になった。中井は自分のサービスゲームは何とかキープしていたが、相手のサービスゲームがブレイクできない。カラスのショットは決して一発でウィナーを取れるほどの鋭いものではないが、とにかく深い、とにかくしつこい。両者譲らずキープが続きゲームカウント《6－6》シックスオール。タイブレーク。

サービスセーブが続いてポイント（4－3）フォースリー、カラス。ここで中井が焦れてサービスダッシュ。カラスはこれを待っていた。リターンを足元へ沈める。中井は何とか返球するも、力の無い浮いたボールに。カラスこれを見逃さず両手バックハンドのクロスのパッシング。中井はラケットを伸ばすも届かず。ミニブレイク（5－3）ファイブスリーカラス。緊張していた。追い詰められていた。中井は明らかに精神的な動揺からダブルフォールト。（6－3）シックススリー、カラス。セットポイント。ここしかないと踏んだカラスは集中力を最大限に高め、この日初めてのサービスエース。ファーストセット、カラス。ゲームカウント《7－6》セブンシックス。


予想外の展開に、会場は騒《ざわ》ついていた。

明らかに中井は落胆していた。精神的に、という観点のみでは最悪の状態だっただろう。確かにこの時点では会場全体に漂う空気は中井ストレート負けのイメージに包まれていた。しかし……。

中井は第二セットを取り返す。

中井の戦闘意欲を首の皮一枚で踏み止《とど》まらせていたのは、体力面だった。確かに劣勢にはなったが試合に負けた訳ではない。もう立てない、もう動けないという程の疲労感は無かった。しかも中井を勇気付けたのは、セットを取ってもっと喜んでいいはずのカラスの表情だった。セットインターバルの終わりかけ、つまり第二セットの始まる直前、俯いていた顔をふと横に移すとカラスは笑っていない。苦悩の表情でしかも肩で息をしている。連戦の疲労の蓄積が、ここへ来て顕在化しているのだった。加えてカラスにとってのマイナス材料は、その表情、その息遣いを最も間近の中井に悟られてしまった事だった。

第二セット。中井はストローク戦に付き合わない。

第二セットの中井の戦略は徹底した揺さぶりだった。左右ではない。前後に、である。具体的にいうとドロップショットとロブショットの組み合わせだった。ハードなトレーニングを積んだトッププレーヤーは、試合終盤になってかなり疲れた状態でも、横の動きには何とか対応できる。これはテニスを知る者の常識だ。ただ縦の動きとなると話は別だ。これには脚の筋肉の疲労状態でパフォーマンスに大きな差が出る。そもそも通常のフレッシュな状態で試合に臨んでも、前後の動きに的確な対応ができるプレーヤーは僅かしかいない。つまりこの戦法は、基本的に有効なのだ。ましてや今日の今のカラスにとってこのやり方は、拷問に等しいものだった。

それでもセット中盤まではカラスは粘る。《3-3》スリーオールまでゲームを成り立たせているのは他でもないカラスの精神力だった。次のゲームを中井がサービスキープして《4-3》フォースリー。チェンジコート後のカラスのサービスゲーム。遂にカラスに異変が起こる。(15-30)フィフティーンサーティからのセカンドサーブ。もはや余力のないカラスはただ入れるだけになっていた。中井は十分に打ち込めるはずのそのセカンドサーブをあえてドロップショットでリターンした。しかしそれはネットを越えるかどうか、怪しい程の質の低いものだった。普通の対応をすればサーバー側は簡単にポイントが取れる。但しサーバーは万が一ネットを越えた場合に備え、打球にダッシュする事が必要だ。結果は予想通り距離感が悪くネットの白帯に当たりノットイン。その時観客は予想外の画を見る。ネットの向こう側に居るはずのカラスが居ない。打球を追わない、いや追えないのだ。相手選手はそんな状況を本能的に嗅ぎ取るものだ。元気一杯でも戦略的にあえて追わないケース。相手ショットが芸術的で物理的に追えないケース。今この時はそのどちらでもなかった。（30－30）サーティオール。中井は確信した。カラスは動けない。次のリターンは見え見えの甘々のドロップリターン。カラスは追わない。追っても追えないと分かっているから追わないと決めて追わない。（30－40）サーティフォーティ、ブレイクポイント。次のポイントも全く同じだった。ブレイク。均衡が破れた。それは実にあっさりと。《5－3》ゲームカウント、ファイブスリー。次のゲームは中井、サービングフォーザセカンドセット。カラスはサーブをリターンしない。リターンする素振りすら見せない。追えば追いつけるかもしれないが、端から追う意思が無く追わない。カラスは第二セットを完全に捨てる。中井、ラブゲームキープ。【1－1】ワンセットオール。

中井は第三セットを圧倒的にリードする。

カラスは立ち直れない。通常セットを捨てたあとの次のセットの立ち上がりは、気持ちも体もリセットしてスタートさせなければならないが、今日のカラスにそれはできなかった。第一、第三ゲームは中井がブレイク。第二、第四ゲームの中井サービスゲームは楽々とキープ。半ばやけくそ気味で臨んだ第五ゲームはカラスのサービスエースが二本あって何とかキープ。ゲームカウントは中井から見て《4－1》フォーワン。中井はゲームプランを第二セット終盤から一切変えていなかった。前方にドロップ、誘《おび》き出したところで後方へロブ。決まればそれに越した事はないが、決まらなければ、それの繰り返しである。強打する気は更々無かった。その打球を追うカラスの表情は苦悶に満ちて、悲壮感漂うものだった。第二セットの終盤の様に、完全に諦めた動きこそしないものの、パフォーマンスの急激な低下は誰の目にも明らかだった。そして遂に、遂にその脚はパンクする。『痙攣』である。

メディカルタイムアウト後もその脚は回復しなかった。周囲の目から見て棄権した方が良いのではないかという程の脚の引きずり具合だった。カラスの試合継続の原動力は執念だけだった。この時点で試合の結果予想に興味を持つ観客はほとんどいなくなっていた。心配のウエイトはむしろ台風で、その接近と帰宅の電車の時間を計算する事の方が大事になってきた。ただその時、試合を諦めていない一角が観客席の上の方、つまり安い席の部分にあった。チェコスロバキアの応援の一団である。

一団といっても一人一人の顔がはっきり分かるくらいの十数名程度だ。だがその十数名はその他の日本人の観客を圧倒するほどの迫力を持っていた。彼らはコートチェンジ後、レシーブポジションに向かうカラスにあらん限りの拍手と励ましの声援を送った。判官贔屓にも似た心境であろうか、僅か、僅かではあるがそれに引っ張られる形で拍手を送った日本人もいた。ただまだこの時点では小さなウェーブだった。そのさざ波はゲーム再開後、中井が第一ポイントを取ったあたりから中波程に変化する。中井は相変わらずドロップショットでポイントを稼いでいる。その時だった。一団がザワめく。

「つバベリぃ！」何を言っているのかは分からない。だがとにかくブーイングだ。文字通り「ブー！」という音もあったが、彼らのほとんどが間違いなく明確な言語で何かを訴えている。そしてその身振り手振りが中井に対する抗議のサインである事は誰の目から見ても明らかだった。

「卑怯者！」

そう言っている。全員一致していた。これ以外の選択肢はなかった。会場内のすべての日本人が、そのすべての脳裏に浮かんだ言葉だった。観客の日本人の中でチェコ語を理解できる人間は皆無だ。ただ同じテニスを愛する者同士に翻訳者は必要無かった。実は日本人の観客の中にも潜在的に中井のプレーに不快感を持つ者も少なくなかったが、露骨に表現するのは日本人気質として憚られた。だがこのチェコの応援団のパフォーマンスに後押しされ、その不満を顕在化する者もちらほらと出始めてきたのである。

中井は会場内の雰囲気の変化を感じないではなかったが、それでも相変わらず同じ戦法で第六ゲームを取った、いや、取ってしまったのである。ゲームカウント《5－1》ファイブワン。次のゲームはチェンジコート無しで中井のサービングフォーザマッチ。中井は勿論このままの勢いで試合をあっさり終えるつもりだった。だが第七ゲームの最初のサーブを打つ前、トスを上げる際のルーティーンであるバスケットボール選手が行うドリブルの要領の玉突き（中井の場合は四～五回）の最中、リズムを崩される予想外の事態が起こった。中井の真後ろの席からだった。声援とも野次とも取れない、だがはっきりとした口調の、まぎれもない日本人の日本語でこう発せられた。

「なかい～！　正々堂々とやれ～！」

会場がどよめいた。中井も今度ははっきりと聞き取った。一連の、静かに流れる時間が遮断され、トスの前に行う中井の玉突きの手が止まる。刑事ドラマの取り調べシーンで、それまで流暢に話していた犯人が動かぬ証拠を突き付けられたり、図星を突かれると一瞬言葉を失うのと同じだ。中井の手が止まったのは潜在的な後ろめたさをその一言で暴かれた事に他ならない。さらに中井の動揺に追い打ちをかけたのはその僅かの間に、間違いなくチェコの応援団とは別の、日本人の観客席からパラパラと拍手が起こった事であった。

最初からルーティーンをやり直したがもう元通りに治まらない。第七ゲームの第一ポイントは、中井のダブルフォールトから始まる。

チェコの応援団が色めき立つ。本来はマナー違反だが、敵選手のミスを喜ぶ声援が、このポイントで極めて明確になったのである。さらにさらに中井に追い打ちをかけたのは、このマナー違反に一部の、いやもはや一部ではなくなったかなりの日本人観客が後押しをした事だった。

その後のポイントで、中井はファーストサーブが入らない。すべてセカンドサーブからのスタートだったので、カラスはストローク戦に持ち込む事ができるようになってきた。会場は、中井がドロップショットを用いる事を許さない荒れた雰囲気になっていた。本来は静寂であるはずのポイント間で「ズルすんな～」「ちゃんと打ち合え～」といった声が聞こえ、遂には「カラス頑張れ～」と声援を送る者さえ出てきた。結果中井は無理なフルショットが祟りアンフォーストエラーを重ね、まさかまさかのサービスダウン。カラスは命拾いをした形となり、チェンジコート。だがそれでも今この段階では、ゲームカウント《5－2》ファイブツーで中井有利である事に変わりはなかった、はずだった。

第三セット。中井は自分を見失う。

チェンジコートの間、チェコの大合唱が始まった。会場のもう一つの主役になっていた。観客はプレーヤーだけでなく、応援団の一挙手一投足に注目していた。彼らを好意的に迎え入れたのである。穏やかでないのは中井だ。中井は相手選手のカラスは勿論その応援団、ましてや味方であるはずの日本人の観客とも戦わなければならなくなってしまった。所謂アウェー状態であるが、プロの（この時の中井はアマチュアであったが）プレーヤーにとってはよくある事だった。中井はアウェーの戦い方を知らなかった。中井は本当に戦うべき相手に目を背けていた。これこそが中井の敗戦の真の理由だった。ただこの時の未熟な中井に、その理由を知る由も無い。中井が最初に、そして最後まで戦うべき相手は、カラスでもそのサポーターでも無責任で気まぐれな観客でもない。中井が戦うべき本当の相手は自分自身だったのだ。

第三セット。中井は無謀な決断をしてしまう。

中井の誤った決断は、奇麗なウィナーを重ねて、美しく勝つ事だった。カラスと真っ向勝負のストローク合戦をして打ち勝ち、チェコの応援団は勿論、裏切り者の日本人観客を黙らせてやろうという腹積もりだった。中井の判断基準はこうだ。①サービスダウンしたとはいえ《5－2》ファイブツーと圧倒的にリードしている　②このゲームのサービスダウンはたまたまで、気持ちを入れ替えれば簡単にリセットできる　③俺は元気、カラスはヨレヨレ　④観客は俺を裏切った。俺に応援なんかしちゃいない。仮に揺さぶり戦法で勝ったところで試合後はブーイングするだろう。だったらお前らの望み通り『正々堂々』戦って勝ってやる、だった。

すべてが間違いだった。真実はその真逆だった。ただその真実を「知った」のは敗戦後で、真実を「受け入れた」のはそのずっとずっとあとだった。この事が中井にとって悲劇だった。

狂い出した歯車はもう戻らない。中井の最初の誤算はカラスのストローク力が落ちていない事だった。確かに届かないボールはどうしようもないが、狭い範囲でもヒットした打球は（打点まで追いついてヒットさえすれば）中井にとって脅威のカウンターショットとして返ってくる。中井はこのショットを恐れるがあまりラインギリギリを狙い過ぎ、結果アウトになってポイントを失っていた。これはカラスにとって好都合だった。ラインギリギリのショットは追えないので追わない。追っていないので余計な脚を使っていない。結果体力の（僅かではあるが）回復とワンポイントという二つのご褒美を頂戴していた。

中井は意地になってハードヒットを繰り返す。中井の様な天才タイプは、微妙なタッチやフィーリング重視のプレーが中心になるので、どちらかというと試合を通じてハードヒットの割合は少なくなる。一撃必殺のショットは必要無い訳だ。必要の無い事は多用しない。多用しない事は不得意になる。さすがの天才中井もこれに関しては例外ではなかった。中井にとってフルショットを連打する事は、ある意味オーバースペックだったのだ。それでも中井にしてみれば疲労困憊のカラスは対応可能と踏んでいた。打ち切れる、勝ち切れると過信していたのだった。中井は蟻地獄に陥る。

次の誤算は《5－2》ファイブツーというゲームカウントである。このカウントは野球やサッカーでいうところの5対2の、3点差という意味ではない。たった、たったワンブレイク差に過ぎない。ファイブツーでカラスサービスゲーム。もしこれをキープして次をブレイクすればファイブフォー。これでイーブンになってしまう。引っ込みのつかなくなってしまった中井は、強打中心のゲームプランを修正できず、ミスにミスを重ね続ける。あー、そしてそして事実そうなってしまった。気が付くとゲームカウントは《5－4》ファイブフォー。一応、一応中井リードだが、流れ、勢いは明らかにカラスにあった。

チェンジコート。会場がザワつく。今まで何度も会場が騒めいたが、これまでのどれとも異質の悲壮めいた騒めきだった。

中井の三つ目の誤算、いや誤診は日本人観客の心情だった。実際は心の奥底まで「カラス勝て！」と思っている者は誰一人いなかった。「カラス頑張れ」は、いい（内容の）試合をして欲しいという意味に過ぎないのであって「中井負けちまえ！」という意味では決してなかった。観客は、最初から最後まで中井の勝利を信じて疑わなかった。本当の本当は中井を応援し続けていたのである。

ベンチに腰掛ける中井は、残り少ないエネルギーの中、頭をフル回転させる。自分なりに戦略の、最後の立て直しを図ろうとしていた。中井の胸中に棘の様に突き刺さって離れないフレーズが『正々堂々』だった。中井はこの言葉に縛られていた。

モヤモヤが晴れないままに休憩時間切れとなり、第十ゲームが始まってしまう。このゲームは両者グダグダだった。中井のプレッシャーとは異質ではあるが、カラスもまた大きなプレッシャーに襲われていた。大きくリードされ、開き直った精神状態で臨んだプレーは結果もよくウィナーを取れていたが、このゲームはそうはいかなかった。キープしてファイブオールとなれば逆転優勝の可能性が見えてくるが、ブレイクされればそのままゲームセットになってしまう。勝利の色気と敗戦の恐怖、その両極端の狭間で心が揺れ動くカラスはミスを重ねる。一方の中井もまた『正々堂々』を消化しきれず同じ様にミスを重ねていた。お互いミスの連続でデュース、デュース、またデュース。ただこれまでのデュースはすべてアドバンテージカラス。反対の、アドバンテージ中井、つまり中井のマッチポイントにはならなかった。中井は心の中で反芻する。(そもそも正々堂々って何だ？　俺、何か悪い事したか？　いやいや何もしていない！　ドロップショットもロブショットも勝利の為の正当な手段だ。何を恥ずべき事があるんだ)やっと気が付いた。だが遅かった。

中井の最後の誤算。俺は元気、カラスはヨレヨレ、ではなかった。四度目のデュース、中井はやっと第二セット終盤から第三セット中盤まで使っていたドロップリターンを、思い出したかの様に放つ。この試合、無心で、無欲で、迷いの無いショットはこれが最後だった。打球の勢いを殺しネットギリギリを越えたそのボールは、二度目のバウンドも三度目のバウンドもカラスのラケットに触れる事は無かった。カラスは追わない。

(勝った！)中井は思った。だがこれは間違いだった。中井が手にしたものはマッチポイントであって、決してチャンピオントロフィーではなかった。カラスは第二セット終盤とは違って追っても追えないから追わないのではなかった。戦略的に、意図的に追わないと決めて追わなかった。もし中井が勝利の幻想に惑わされず、謙虚な姿勢で最後の一ポイントまで攻めていたのであれば、こんな結果にはならなかっただろう。中井は最後の最後に最大の過ちを犯す。アドバンテージ中井、アドサイドからカラスサーブ。ファーストサーブは失敗。セカンドサーブ、スピンをかけて確実にコートへ。一応、中井のバックサイドを狙う。甘いサーブだった。中井はフォアに廻り込んでストレートでも逆クロスでもどちらでも打ち込める状態だった。廻り込んでフォアでなくとも、踏み込んで前で捉えてバックハンドの強打、あるいは体重を前に移動させながらバックハンドのリターンダッシュ……いくらでもあった。だが中井の選択はドロップリターンだった。最悪だった。中井は第二セット終盤の残像を、幻影を見ていた。中井はネットを恐れ、山なりの、中途半端な、勢いを殺していない球を打ってしまう。野球のピッチャーがスローボールでタイミングを外す為には『全力で』スローボールを投げなくてはならない。中井のそれはまさしく魂の込もっていないスローボールだった。中井は勝利を確信（実際には誤信しているのだが）しているのでニュートラルポジションに戻っておらず、棒立ち。その時だった。

カラスが猛然とダッシュ。あっという間にボールに追いつく。手負いの猛獣が獲物を捕らえるが如くだった。丁度いい具合に腰の高さに弾んだイージーボールを、親の仇が如く、これでもかという勢いのボールを相手コートに叩き込んだ。中井は一歩も動けない。すべてが真っ白になった。その瞬間に歓声は無い。悲鳴も無い。言葉も無い。囁き声さえ無い。勿論拍手も無い。会場は時が止まり真空状態となった。ただ再び動き始めた時間の中で、チェコの応援が、応援団だけが狂喜乱舞の大歓声だった。

（えっ、動けるの？）中井の思考回路はパンクする。強打もダメ、軽打もダメ。正々堂々戦えないし、姑息な手段も使えない。そんな言葉が頭の中をぐるぐる回っているうちに次のリターン。中井は何が何だか分からなくなってしまい、デュースからの二ポイント、とんでもない低いネットと、とんでもないアウトボールのリターンミスで、ブレイクのチャンスを逃す。そして遂に、遂に、カラスは打球だけでなく、ゲームカウントも追いつく。《5－5》ファイブオール。

気持ちの整理がつかないまま中井のサービスゲーム。サーブは精神状態が最も反映されるショットだ。中井はトスが上手く上げられない。ラケットが振れない。スイートスポットに当たらない。相手コートに全く入らない。何か変だ。いままでのミスとは種類が違う、次元が違う。会場は混乱し、異常なざわめきと、溜息が入り混じる。

「イップスだ！」声にならない声が場内に、同時多発的に発せられた。そうだイップスだ。その単語はじわじわと、静かな津波の様に会場中に伝播する。中井は間違いなく正真正銘の、典型的なイップスになっていた。

当然といっていいだろう。中井はこのゲームを落とす。内容は三つのダブルフォールト、一つのリターンウィナーだった。カラスリード《6－5》シックスファイブ。内容が悪すぎる。もはや日本人観客で中井の挽回を期待する者は誰一人いなくなってしまった。次のゲームはカラスのサービングフォーザマッチ。

カラスは立て続けに三本サービスエースを奪う。チャンピオンシップポイント。次の二ポイントは二本とも甘いリターンだった。当然カラスはこれを目一杯強打。二本ともあまりにもチャンスボールだったので、却って余裕があり過ぎてアウトになってしまった。ただカラスが偉いのはチャンスボールでも気を抜かず、自分からウィナーを取りに行っている事だった。意味のあるミスだった。中井とは違い、相手のミス待ちの姿勢は絶対に見せなかった。結果この二本の強打は勝利の伏線となる。中井はベースライン付近に釘付けにされていた。そして依然（40－30）フォティーサーティーのマッチポイント。

最終セット、最終ポイント。劇的で残酷な終わり方。

またしても中井のリターンは甘かった。浅い位置にバウンドしたボールはカラスの餌食になるだけだった。だがなんと、カラスは十分に追いついた状態からドロップショットを放つ。生涯唯一の閃きだった。しかしこのドロップショットも甘かった。中井がハードヒットを苦手とするのと対照に、カラスはタッチショットは苦手だった。本来は逆に相手の餌食になってしまう。だがそうはならない。中井がベースラインの遥か後ろでもたもたしているからだった。中井は慌ててこのドロップショットを追う。その足取りは重くドタドタと、天才には似つかわしくない醜いものだった。ヨレヨレなのは中井の方だった。やっとの思いで返球した打球のその位置にカラスがいた。カラスが待っていた。二人はネット越しに、手を伸ばせば握手ができるぐらいの距離にいた。カラスが選択した最後のショットはロブボレー。逆を突かれた中井は大慌てで回れ右。そのロブショットをダッシュで背走するべく第一歩。足がもつれる。足が滑る。無様に転ぶ。膝を強打する。その膝からは血が。ベースライン付近にインとなった山なりの打球は、中井を嘲笑うかの如く遥か彼方へ大きく二度三度とバウンドしていった。中井はうつ伏せの状態でこの悪夢を見ていた。惨めだった。

一方勝利が決まったカラスは仰向けの大の字になって、最大限にその喜びを享受していた。観客はネット越しの勝者と敗者を、明と暗を、歓喜と悲哀をその象徴的な姿で見せつけられた。

ゲーム、セット、ザ、マッチ。ウィナー、エミール・カラス。セットカウント【2－1】ツーワン。最後の一ポイントは、中井が散々カラスに仕向けていた戦法の、そのままお返しだった。三時間十七分の死闘だった。

中井はその後の事はほとんど覚えていない。悪夢の中、家路を急ぐ落胆の日本人の観客を掻き分け、チェコの応援団がその喜びを爆発させていたのをぼんやりと見ていた。警備員をほぼ無視する形で彼らはコート内に侵入し、カラスの元へ駆け寄る。もみくちゃになったカラスは応援団になにか大声で叫んでいる。相変わらず何を言っているのかは分からないが、感謝の意を伝えているのは、誰の目にも明らかだった。

「応援ありがとう！　この勝利は君たちのお陰だ！」そういうニュアンスで間違いないだろう。カラスの目に大粒の涙が光った。

続いて高校の放送部に毛が生えた程度の規模であったが、チェコの報道陣もカラスに詰めかけインタビューをしていた。カラスが何かコメントをしている。このコメント内容が二十数年後に物議を醸す事になる事はこの時点では知るべくもないが、とにかく興奮した状態で、早口でカラスは何かをまくし立てていた。日本のテレビ局も、さすがに優勝者の優勝直後の状況を撮影しない訳にはいかない。不本意ではあるが、この事実は日本側に映像と音声の記録として残った。そう、チェコ語を翻訳しないままに。

主催者側の大会役員、スポンサー、テレビ局、そして勿論日本人観客は白けた雰囲気になった。さらにこの大会を最低にしたのは次の締めくくりのアナウンスだった。

「ご来場の皆様にご連絡申し上げます。台風十九号の接近に伴い、皆様のご帰宅の際の交通に影響が考えられます。誠に残念ではありますが、優勝セレモニーを中止とさせていただきます」もうどうでもよかった。このアナウンスの有る無しに拘《かかわ》らず観客のほとんど全員が家路を急いでいた。カラスは残念がると思われたが意外や意外、これを快く受け入れた。当時のカラスにとっては破格の、日本円で賞金三百万円さえ受け取る事ができればそれで良かったのである。


テレビ放送はどうなったか？

日曜日の早朝、日本国民は衝撃を受ける。国民的スター『高原健太』が急逝したという。マスコミは一斉にこの報道一色となり、昼頃にはほとんどのテレビ局が追悼特番を組む体制となっていた。四時になった。テロップが流れる。

【この時間は予定を変更して、高原健太追悼特別番組を放送いたします。なお、本来放送予定であった、テニス『東京オープン男子シングルス決勝』の模様は、本日深夜二十七時〜二十八時（要するに夜中の三時〜四時）、ダイジェスト版として放送いたします】

中井惨敗の図、なのだ。放送せず、試合など無かったものとして永久に葬り去る事もできた。だがそれでも（たった一時間しか枠は取れなかったが）ＴＶ亜細亜は放送する事にした。その理由を強いて言うとするならば、全国のテニスファンへの懺悔程度といったところであろうか。

当日TV亜細亜は、高原健太の往年の映画を淡々と放送した。皮肉にも本来テニス枠で取っておいた二時間が、映画の上映時間とぴったりだった。

キャプソンは特に困らない。十五分毎に流れるキャプソンの独占CMは、中井が優勝しようがしまいが、関係なく流れた。【提供　キャプソン】がアピールできさえすれば、番組内容は何でも良かったのである。

中井側の一部関係者が、キャプソン及びテレビ局に抗議したが、いずれも一蹴された。中井側の主張は、土曜日の準決勝（つまり中井勝利）の映像と日曜の映像を半々にして（願わくは、土曜の映像比率をできるだけ多くして、いや、我儘を言えば中井の良いところだけ切り取って）本来の二時間枠を独占できないかという事だった。キャプソンとテレビ局の答えはノー！　深夜枠であろうが放送してもらえるだけ有難いと思え！とでも言いたげだった。

当時の中井は、所詮学生のアマチュアであって、何も分からずキャプソンの神輿に担がれただけだった。従って当然プロのマネージャーもおらず、ましてやエージェント契約など、銀河系圏外の発想だった。

TV亜細亜は（中井にとって良い順に）準決勝、決勝と連続して快勝した場合、準決勝は勝利したが決勝は惜敗した場合、準決勝で敗退した場合、いずれに転んでも番組の編成ができるようシミュレーションしていた。その為の日曜のみの放映予定であり、録画中継だった。高原健太急逝のニュースは想定外であったが、映画を垂れ流しさえすれば良いだけなので、スタッフとしては編集の手間が省け、結果オーライだった。かくも大人の世界はドライで残酷なものなのである。

その日の深夜（厳密にいうと翌日の月曜日）、試合の模様がテレビ中継された。一時間に短縮したTV亜細亜のやっつけの編集。当然中井の見せ場など皆無だった。夜中の三時からの視聴率などたかが知れている。中井自身はもうどうでもよかった。

中井に親しい関係者には、不満の声が燻っていたが、すべては大人の世界に巻き込まれ、取り込まれ、握り潰されていった。相手側の出方もあるが、中井側の関係者がこれ以上抗議の声を上げなかった一番の要因は中井だった、中井本人だった。周りの人間が心配になるほど、中井はショックを受け、意気消沈していた。中井自身にファイティングスピリットが失われている以上、周囲の人間が口を出す大義名分は無いのである。


その後二十年、中井がテニスの世界の表舞台に立つ事は無かった。

田中①

（ダメだ！）

あと五分、いや、あと三分の我慢ができなかった。

田中のアパートは、この先の国道と県道の交差点を右折してすぐ。いつも通り順調にいけばほんの五分のところだった。お腹の具合は工場を出発した時点で多少の違和感を覚えていたが、家に着くまでの間ぐらいは何とかなると高を括っていた。ところが今日に限っての舗装工事。工事現場が交差点付近でもあったので、二進《にっち》も三進《さっち》も行かなくなっていた。非常事態だった。白で半透明のアクリル板、内側からＬＥＤで煌々と照らされた大型の看板には「ベアーズテニスクラブ　Ｐ」の表示があった。田中が立往生して停止している、まさしく目の前だ。ここを逃すと交差点に進入してしまう。選択肢は他に無かった。

　田中は、左にウインカーを出したか出さないかと同時ぐらいに、その位置から即左折した。駐車場はやや細い路地を抜けると、すぐそこにあった。その先にはナイター照明に照らされ、前後左右に動き回る、生き生きとしたスクール生徒達の姿が見えていたが、今の田中はそれどころではない。

　不幸中の幸いで、駐車スペースは何とかあった。この時間帯、仕事帰りの女性会員なのか、小洒落た軽自動車や軽ワゴン車が数多くあったが、その場には不釣り合いの四トントラック車は、空いたスペースに滑り込むように頭から突入していった。田中には、切り返してバックで駐車し直す余裕すら無かった。急いでサイドブレーキを引いて車のドアを閉めフロントへ。走りたいが、迂闊に走ると暴発しかねないので走れない。自分自身に言い聞かせるよう、意識的にゆっくりと歩きフロントへ侵入し、静かにドアを開けた。平静を装う精一杯の演技で開口する……。

「突然申し訳ありません。お手洗いをお借りできますでしょうか？」

　スタッフ一同は、グレーの作業服、左の胸ポケットに『野村製作所』の刺繍、機械油臭くて、いかついその男の姿に、最初こそギョッとなったが、緊急時ながらも平身低頭の態度と、何となくユーモラスなその雰囲気に思わず笑みが零れた。田中の演技は一瞬で見破られていた。平静を装ったつもりでいても、実際は顔面蒼白、額には脂汗が滲み出ていたのである。女性スタッフの一人が半笑い（決して馬鹿にしたようなものではない）で案内した。

「どうぞどうぞ、この通路の突き当たりです」

「すみません、すみません」

その後の、トイレの中で行う田中の行動については説明の必要は無い。多かれ少なかれ誰しもが陥り、誰しもが経験するその状況で、誰しもが同じ様に行う行為を、田中も同じ様に行った。そして行為が無事に終了すれば、やはり誰しもが同じ思いに至る。ああ助かった、と。

田中は、幸運にも常備してあった消臭スプレーを、これでもかっという程に噴射し、何度も後処理に問題は無かったかと確認した後に、やっとトイレを出た。そこそこの時間が経過していた。

物理的緊急事態から何とか回避できると、少しだけ心理的余裕が生まれた。スタッフへのお詫びと感謝である。（手ぶらで帰るって訳にはいかないな）田中はトイレ出口からフロントまでの僅かの距離の通路を歩きながら、それをどう形にすれば良いのか思いを巡らせていた。（何かグッズでもあれば買うか）漠然とそう心に決め、スタッフへ声を掛ける。

「ありがとうございました」

「いえ、どういたしまして。大丈夫ですか？」

「大丈夫です。おかげ様で助かりました」

「それは良かったです」

「いや、あのぅ、何かグッズみたいな物有ります？」

「いえいえ、お気遣いなさらずに。お気を付けてお帰りください」

「いやあ、そうはいかな…手ぶらで帰る訳にはいかないので」思わず口に出てしまった。

これ以上の応酬は、却ってこの不意の訪問者にはプレッシャーになると判断したフロントスタッフは、笑顔でこう対応した。

「それでは、この小さいタオルなんてどうでしょう？　うちで一番安い物です」手に取ってみると、イメージキャラクターの可愛い熊が、テニスラケットを握るイラストの刺繍が施してあり、なかなかお洒落な品物だった。

「あ、ありがとうございます。ではこれを」（いくらですか？）と言おうと思ったが、隅に小さく五百円【税別】と表示がしてあった。財布を取り出し、支払いへ。お釣りのやり取りはできるだけしたくないと思ったので小銭を探す。この時ちょっとだけ間ができた。その僅かの時間にスタッフが畳みかける。

「テニスに興味はおありですか？」

「え、ええ？」意表を突かれた。しかしこの意表は決して不愉快なものではなく、灼熱の荒野に一時の涼風を齎《もたら》すが如くの爽やかなものだった。殊の外、田中の胸に突き刺さったのである。

「あ、あ、ありますよ。実は帰り道、あの目立つ看板がいつも気にはなっていたんです」半分出任せ、半分本心、だった。しかし口に出した瞬間、ほとんど百パーセント本心に変わっていた。

「そうなんですか、嬉しい！　看板はオーナーのデザインなんです。オーナーが聞けば喜びます。ところでテニスの御経験は？」

「いえ、全く」（無いでしょうね）と見透かされたが如く、間髪を入れず続ける。

「これも何かのご縁かもしれません。どうです？　せっかくですから見学してみては」

完全にクラブ側のペースだった。しかし繰り返すが、田中には心地良いものだった。支払いを済ませ、ひとしきり会話が終わると、気が付けば田中はフロントスタッフに各コートをエスコートされていた。ここは初心者クラス、ここは中級、ここは上級者、あそこの若い人は、ジュニアの育成選手ですよ。離れのコートは会員さん専用コートです。いろいろ説明してくれた。久しぶりの胸の高鳴りだった。すべてが新鮮だったが、田中にとって特に印象的だったのは初心者クラスのコーチだった。

若い女性。田中は直感で、二十歳《はたち》前後だと確信した。それは、少女から大人の女性に変わっていくちょうどその過程の、一生のうちで、とても短いけれど、最も輝く時、まさしく夏に近い『青春』そのものだった。ポニーテールがステップと同じリズムで揺れる。ボールを打つと同時に大きく跳ねる。田中は、その後ろ姿を無意識のうちに追っている自分に気が付いた。もう自分の気持ちに嘘は付けない。

「仮に、仮にですよ、僕が入会するとなると、担当するのはあのコーチですか？」恥ずかしかったが、戸惑いながらも思い切って聞いてみた。

「気になりますか？　そうです、美澄コーチです。去年高校を卒業したばかりのバリバリのギャルですよ」またも見透かされた。笑いながら答えられた。

「もともと彼女はうちのジュニアの育成出身で、今は専属の契約をしています。普段はトーナメントにエントリーしているんです」

「トーナメント。賞金が出るやつですか?」

「そうです。でも賞金だけで生活ができるのはほんの一握りで、ほとんどのテニスプレーヤーは、彼女みたいにコーチのアルバイトをしているのが実情なんです。あ、なんか、初対面なのに、いきなり裏側を話してしまってすみません」

「いいえ、どんな世界だって食っていくのは大変ですよ」ほんの僅かな時間に、田中と女性スタッフの間には信頼関係が結ばれていくようだった。

見学を終え、フロントに戻る。田中は気が付けば、各クラスのスケジュール表、入会金やレッスンの受講料等、具体的な話を進めていた。ふと顔を見上げると、額縁に飾ってある当倶楽部の営業許可証が見えた。『代表取締役社長　近藤熊吉』(そうか、それでベアーズか)

あとは帰るだけだが、お世話になったフロント女性スタッフの名が気になる。ネームプレートを見た。『有栖』とあった。思い切って聞いてみる。多分間違いないと思って聞いてみる。

「いろいろ、ありがとうございました。ありす、さんで、間違ってませんか?」

「そうです。正解です! 名前じゃなくて、苗字があ、り、す、です」

「そうですか。素敵な苗字ですね」自分で自分にビックリした。よくもまあ、こんなキザでベタなセリフが吐けたもんだ、と。おそらく真っ赤な顔をしていたに違いない。調子に乗って(下のお名前は何て言うんですか?)とまで聞くのは止めた。これ以上は、相手にとってセクハラになると感じていた。だが、有栖は(この流れだったら、普通に下の名前を聞いてくるのに)と心の中で叫んでいた。

ただ有栖は、その奥ゆかしさというか、シャイというか、そういった雰囲気を醸し出している田中に、好印象を抱いていた。有栖の下の名は『綾音』という。ありすあやね。イニシャルはA・Aだ。

田中が再びベアーズテニスクラブに足を運び、正式にスクール生徒になるのに、それ程の時間は掛からなかった。

運命の歯車が少しずつ動き始めていた。

中井②

中井は、山頂から岩肌に沿って転がり落ちていく、小岩の様に転落していった。始めゴツゴツしていた小岩は、中腹から裾野に転がり続けていくうちに次第に角が取れ、丸くなり、小さくなり、粒になり、最後は見えなくなって消えた。

中井は、頂点だった東京オープン決勝の檜舞台から、あっという間にフェードアウトしていった。

中井の凋落とは裏腹に、東京オープン、つまり「キャプソンスーパーテニス」は翌年から盛況の体を成す。

キャプソンは、莫大な資金力を背景に賞金総額を大幅に増大させ、海外の有名有力選手の招聘に終始した。戦略は正解であり、結果は大成功だった。ランキング上位者のみならず、特に日本人に人気のある外国人選手が東京に集結した為、観客動員数は一気に跳ね上がった。当然チケットそのものは前売り券も含め完売だが、それだけではなく、大会前のイベント、グッズ販売などの副産物も手伝って、集金面でも大幅な黒字となったのである。

もはや地元開催の地元選手の勝利、つまり東京開催での日本人選手優勝の裏工作に、心血を注ぐ必要は無くなった。皮肉な事に、中井敗退はキャプソンに非常に有効な学習効果をも齎したのである。

因みに翌年、カラスは、一応、ディフェンディングチャンピオンとして、この大会に出場。惜しくも準優勝だった。第一回キャプソンスーパーテニスのウィナーはアメリカのジョン・スミス（この年の開催が第一回で、前回が第一回ではない。キャプソンスーパーテニスが正式にATPツアーの大会に承認されたのはこの年からなので、初代チャンピオンはあくまでもジョン・スミス）だった。

この後二人は、このキャプソンスーパーテニスの顔となり、優勝と準優勝を幾度となく分け合った。

中井はどうしていたか？　第一回キャプソンスーパーテニスが開催された年、中井は大学四年生。リベンジの気力など全く無く、本選の出場はおろか、予選すらもエントリーしなかった。いや、エントリー資格すら取れていなかったのが現実である。

翌春、テニスの世界からひっそりと身を隠すように、中井は就職した。何処《どこ》へ？

「キャプソン」に、である。

中井の慶聖大学卒業後のイメージはこうだった。「動く広告塔」がまさしくそれだ。スポンサーのロゴの入ったウェアに身を包み、世界を舞台に転戦。キャプソンは勿論だが、テニスに関するメーカー（ラケット、ウェア、シューズ）、食品会社、アパレル関係等のワンポイントデザインが中井がプレーする度にテレビに映される。中井の一挙手一投足がそのまま、世界同時中継の絶大なるＣＭになる、はずだった。

だが現実はそうはならなかった。さすがの自惚れやの中井も、自分自身の不甲斐なさに、どう身を置いて良いのか分からなくなっていた。そしてその後、中井なりに熟考し、中井が持つ事ができたささやかな決断は、キャプソンから身を引く事だった。

だが、捨てる神あれば拾う神あり、の諺がある通り、良かった時期の一年生、二年生、三年生の時だけでなく、どん底の四年生になっても中井を見守り、支え続けた二人のキーマンがいた。一人は、先の、慶聖大学テニス部顧問『伊藤虎雄』であり、もう一人はキャプソン広報部『佐藤龍義』である。

慶聖大学テニス部のニックネーム『慶聖タイガース』は、この伊藤顧問の名前に由来する。伊藤と佐藤は、共に慶聖大学工学部を卒業。在学中はテニス部に籍を置く同級生であり、良きライバルだった。

卒業後は、伊藤が大学に残り、機械工学の研究を継続しながらテニス部の顧問に。佐藤は、その機械工学の学びを即社会に実践する道を選び、キャプソンに入社した。当然入社時は技術畑であったが、慶聖大学テニス部出身という理由で佐藤が中井をバックアップする事となり、一時的にではあるが広報部に転じていたのである。

中井が大学三年生の頃、当時二人は四十三〜四歳だった。

中井は半ばやけくそになっていた。大袈裟に言えば、人生を投げていたのである。当然就職活動など身が入らない。ただ、キャプソンに自分の人生をおんぶにだっこされるのだけはナシと決めていた。だが、そんな中井に二人はキャプソンのレールを引く。中井は固辞したが、特に顧問の伊藤が強硬にノーを突きつける。絶対的にキャプソン入りを支持、キャプソン入りを指示、いやキャプソン入りを命令したのであった。

交渉は難航したが、結局中井はキャプソン入りを承諾する。伊藤の推薦と、佐藤の肝入りで、中井は正式にキャプソンの正社員となった。

中井に意地は無いのか？　意地は無くはなかった。ただ、その時抱えていた中井の問題はテニス以外にあった。のっぴきならない、中井自身の「人生の」大問題を抱えていたのだ。その件を伊藤に引き合いに出され、中井は陥落した。中井が隠そうとしても隠しきれない事、その秘密を伊藤は知っていた。中井自身のみで解決しようにも解決できない事、その未来を伊藤は見据えていたのである。

中井が、大学卒業後入社したキャプソンの最初の事業所は大分。市街地から遠く離れた、お世辞にも賑やかなところではなかった。

その後中井は、キャプソン事業所を転々とする。中国やマレーシアなどの海外勤務もあった。四～五年毎の転勤。移動。引っ越し。どの事業所にも落ち着かなかった。どの職場にもなじめなかった。どの職員とも仲よくなれなかった。何一つものにならなかった。そして気が付けば、友人も恋人もいない独身で四十歳の中井は、現在の職場に流れ着く。

「キャプソン株式会社　茨城事業所　取山工場　資材部管理検査課　倉庫主任」これが今現在の中井の肩書である。聞こえはいいが、要するに倉庫番である。

キャプソンのエリートはこの部署を「一丁上がり！」と陰で蔑んでいた。キャプソンの社員であれば、ここに配置されれば、定年まで絶対に出世できない部署である事は、周知の事実であったのだ。

田中②

「田中君！　明日の朝、取山倉庫へ納品に行ける？」工場長野村からの突然の指名だった。直接声を掛けたのは田中のみだが、その音量は、田中の周囲にいるすべての人間に聞こえる程大きなものだった。

（また始まったよ、工場長の人減らしが）古参の従業員は白けていた。工場長の行動、言動は、見て見ぬふり、聞こえて聞こえぬふりをしていた。

「取山？　取山倉庫ってキャプソンのですか？」田中が確認する。

「そうそう、そのキャプソンの茨城事業所取山倉庫だ。四トン車で行って欲しいんだけど、大丈夫？」

「ええ、別に問題はないですけど」この時点で、田中は取山倉庫の場所はよ〜く知っていた。そして野村も田中が、取山倉庫の場所をよ〜く知っている事も、よ〜く知っていた。知っているのを承知で工場長は指示する。

「そう、じゃ明日頼むよ。持って行ってもらいたいのはシャフト五十ケース、千五百本分だ」シャフトというのはコピー機に使用される重要部品で、直径一〇ミリ、長さ三〇センチ程の鉄製の丸棒だ。野村製作所はキャプソンの協力会社に任命されており、この種の製品をキャプソン向けに製造、販売をしていた。野村は続ける。かなり長い説明だったが、田中に質問の余裕を与えず、一気にまくし立てた。

「いいかい、キャプソンの定時は八時から五時まで。取山倉庫の資材受け入れ時間は、午前中が八時半から十一時まで。午後は、まあ、午後に納品するって事はまずありえないんだけど、一応一時半から四時まで。この時間以外は、一分たりとも早過ぎても遅過ぎても一切受け付けてくれないよ。田中君に行ってもらうのは勿論午前便だけど、できるだけ朝一番に行って、すぐうちに戻ってきてほしいんだ。何時に戻れるか分からないじゃないかって疑問が湧くだろうけど、なあに、うちと取山倉庫は目と鼻の先だから問題無いさ。納品に三十分でうちまで三十分だろ。これで一時間。まあ余裕をみて一時間半の時間を取っておけば十時にはうちに戻れるはず。タイムカードは十時出社って事で打っておけばいい。八時開始がうちの定時だから、田中君は、表向き二時間の遅刻って事になる。でも大丈夫！　田中君、いつも残業してるだろ、二時間。キャプソンに納品する前日は定時で帰ってオッケー。四トン車に荷造りして、田中君のアパートにそのまま四トン車で帰って、翌朝はキャプソンに直行。俺がタイムカードに残業分二時間、付けとくよ。まあ、これでプラマイゼロだ。ええと、それでこれがキャプソンの専用納品書なんだけど……」分かった様な、分からない様な強引な理論だったが、今の田中の置かれた立場で、この提案を拒否する事は到底できなかった。

「分かりました。では明日」田中は何も分からず、野村の言われるがままに荷造りをし、定時で退社した。その状況の一部始終を見ていた、すべての裏事情を知るベテラン作業員数名が、失笑していた。

（可哀想に）と。


田中はアルバイト扱いだった。本来田中は、キャプソン取山工場の臨時作業員を希望していたのだが、それは叶わなかった。キャプソンと協力会社には、一種の裏の協定が存在する。そこには当然双方の正式な契約書など存在しない。その協定とは、協力会社は、キャプソンから溢れた人員の受け皿となる、という制度だった。だが、これは乱暴な言い方をすれば、要するに厄介者払いだ。野村製作所はこのキャプソンのゴリ押しに、何十年にも渡って付き合わされていた。好景気の時はこれでいい。だが不景気となり、余計な人件費を掛けられない（野村製作所の様な）中小企業には迷惑な話だった。田中はこの流れで野村製作所に配属されたのだ。

工場長兼専務取締役の野村廣一は、この案件を押し付けられた。田中の野村製作所への配属は、実は廣一の父である代表取締役社長　野村廣一郎と、キャプソンの資材部部長　佐藤龍義の間で既に取り決められている事だった。頭越しの交渉、しかも決定済み。当然廣一としては面白くない。田中に対する廣一の本音は、意識的に無理な業務を強いて、サッサと辞めてもらおう、だった。だが実情としては、田中はいわれのない廣一の八つ当たりの被害者に過ぎないのだ。

そして翌朝。田中は絶望的な状況を目の当たりにする。

「おいおい！　割り込みすんなよ！」「なんだあんた地元じゃないか。こちとら長野を真夜中に出てるんだよ！　順番守れ！」このドライバーは長野かららしいが、中には名古屋や大阪、岡山や福岡ナンバーの大型車もあった。田中が開門（と、かってに勘違いしている）時刻の八時にキャプソンに到着した頃には、工場敷地内は、無数の大型車で溢れていた。何も分からず指定納品場所に車を向かわせたところ、先の罵声を浴びせられたというのが事の次第だ。

取山倉庫には、日本全国から資材が集結する。馬鹿正直に八時に到着するドライバーは（田中を除いて）一人もいなかった。彼らは開門の遅くとも三時間前、早いドライバーだと深夜に到着し、仮眠を取りながら順番待ちをしているのが常識だった。いってみれば形の無い、証拠の無い整理券の確保みたいなものだ。残念ながらルールを守る事、イコール得をする事ではないのが社会の現実だ。キャプソンとしても、正規に八時開門では無法駐車の大型車が公道に溢れてしまうので、倉庫がある裏門だけは、ほぼ二十四時間開門しているのが暗黙の了解だった。

裏の世界にもいつしか裏のルールが生まれる。ドライバーも次第に顔見知りになり、各々に融通しあう、裏の優先順位、順番が築かれていたのだった。

新入りの田中は当然最後尾へ。まさかと思っていたが、午前の部の終了時刻の十一時が迫っていた。田中の前の納品業者がもたもたしていた。田中の順番になった。田中が午前便の最後の一社だ。昨日の野村の言葉が脳裏を過《よぎ》る。十一時三分だった。

「はい残念、午前の部おわり。あとは午後にして」

納品を受け付ける素振りは全く無かった。取り付く島もない。田中はその場に立ち尽くし、悪夢の様な現実に暫し向き合った。悔しいが、とにかく社会人として取るべき最初の行動は、この状況の報告と、その後の対応の相談である。

「申し訳ありません。窓口がめちゃくちゃ混んでいて、午前の納品に間に合いませんでした」田中は（こんな事知っているんだったら、最初から説明しとけよ！）と言いたい気持ちをグッと堪えて、取り敢えず詫びの電話を野村に入れた。野村に怒声を浴びせられたのであれば、それなりの反抗姿勢を示すつもりであったが、野村の反応は意外なものだった。

「あ、間に合わなかった？　いいよいいよ。じゃ昼めし食って午後の納品してください。午後便なら一番でしょ。それで戻って来て」

「了解しました」

「あ、それから田中君。悪いけどタイムカードは、田中君が出社した時間になっちゃうなあ」

（そういう事か）さすがに田中も、このからくりを初回で理解した。「嫌なら辞めてもらって結構」の文言が、頭の中を駆け巡った。

屈辱の中、午後の納品を行う。元請業者が下請業者に接する、典型的な最低の対応だった。上から目線などという生易しい表現では言い尽くせない、虫けらを扱う様な態度だった。趣味の悪い、下品なメガネを掛けていて顔がよく見えないが、とにかく嫌な奴だった。ふと名札を見る。

『中井』と表記してあった。

納品を終え、野村製作所に戻った田中に作業員は冷ややかだった。無反応と表現した方が適切かもしれない。積極的に声を掛ける者は誰もいなかった。

工場長の元へ向かう。田中の方から口を開いた。余計な事は一切述べず、用件のみを伝えた。

「次は何曜日ですか？」

「………」一瞬、一瞬だけ間があったが、野村も無感情でこう答えた。

「次は金曜日です。火曜日と金曜日がうちの指定納品日です」

「分かりました」

この日から、田中と野村の静かな攻防が始まった。

田中③

（寄りによって）

寄りによって、そう、田中に下された納品日の命令は、寄りによって火曜と金曜だった。

田中は、十月一日付けで野村製作所に配属された。晴れて入社、といいたいところだが、正社員としては契約されず、その社会的身分はあやふやなものだった。それでも何とか収入源を得た田中は、与えられた仕事を真面目にそつなくこなし、三か月経った周囲の評価は上々であった。ベアーズテニスクラブに腹痛で飛び込んだのは、年も暮れようとしていたその頃である。

美澄コーチの担当曜日、及び時間帯は、月曜日と木曜日で午後八時～九時半。田中は当初、木曜だけのつもりであったが、いざ手続きを始めてみると、気が付けば週二回を選択していた。美澄に対するスケベ心が全く無かったと言えば嘘になる。だがこの時の田中は、目に見えない何かに、背中を押されているかの様な感覚だったのだ。

レッスン初回は年明け早々という事になった。田中はこの年末年始を、遠足を心待ちにする、小学生の様な気分で過ごした。

用具についてはゼロからの準備。ラケット、ウェア、シューズと初期費用は掛かったが、不思議と高い買い物とは思わなかった。田中は酒もタバコもやらないし、ギャンブルで負けたと思えば安いものだ。田中はこの日から、テニス関係以外の無駄遣いを一切しなくなった。

スクール入校日、クラブ側は、田中を温かく迎えた。年末のエピソードは、どうやらスタッフ全員に伝わっていたらしい。皆笑顔でウェルカム。歓迎ムードだ。

初のコートへ。スクール生同士の簡単な自己紹介。田中以外は若い女性ばかり。そこへ場違いの大男。否が応でも目立つ。

【田中健次】田中の風貌は、一言で言うと「男」そのものだった。ヘアースタイルは角刈りの短髪。それはまるで、昭和の床屋のカタログから飛び出してきたようだった。顔のつくりは、太くて濃くて横一文字の眉毛、ギョロッとした鋭い眼光、整った鼻立ち、きりっとした口元。黙っていれば、指定暴力団〇〇組の幹部、といった出で立ちだ。ただ田中の顔は「怖い」訳ではない。よく見るとその目は二重で、瞳の奥に何とも言えない「優しさ」があった。そう、田中のルックスは今風でないが、決してトンチンカンなものではなく、これはこれで「男前」であったのだ。

そしてコーチの自己紹介。勿論担当は美澄。田中、お待ちかねの【美澄優花】だ。ベアーズのテニススクールに入校したのはほぼ九割方美澄が目当て、といっても良い。その美澄が今、現実に目の前にいる。田中は柄にもなく緊張していた。美澄は美しかった。それも健康的な美しさだ。その顔は、今が真冬にも拘らず日焼けしていた。所謂テニス焼けではあるが、肌に艶があるので色の濃さにムラが無い。若さの特権だ。美澄も二重の大きな目の持ち主で、それは、白目と黒目の、白と黒がハッキリしていた。まさしく苗字の通りの美しくて澄んだ瞳だ。鼻は、クレオパトラの様なとんがった高い鼻、でなくて良かった。丸みを帯びた、愛嬌のある鼻だ。この鼻が高すぎるとツンツンした感じになってしまう。そして何といっても美澄を輝かせていたのは口元から零れる白い歯だ。この歯が素晴らしかった。美澄は小、中、高にかけて歯を治した（直した）。美澄は八重歯だった。そのままでも（子供時代だけならば）十分キュートだったが、美澄の母親はそれを良しとしなかった。スポーツ選手としては勿論だが、将来「女性」として幸せを掴む為には、歯列矯正は絶対必要と信じて疑わなかったのだ。果たしてそれは大正解だった。お金も時間も掛かったし、ブラケットやワイヤーが口腔内を傷つけてストレスだったが、美澄はそれに耐えて完治させた。その結果彼女が勝ち得たものは、何物にも代えがたい「素敵な笑顔」だった。美澄優花は、ベアーズテニス倶楽部のスタッフは勿論の事、スクール生徒、その他周囲のすべての人たちから愛されていたのだ。

　そんな美澄に田中は初めて対峙（正しい表現方法ではないが田中にとっては対峙だ。美澄と正面から向き合う事は、田中にとってはチョットした一大決心だったのだ）する。さあ、レッスン開始だ。

　田中は恥ずかしかった。ただでさえ恥ずかしいのに、田中は早速初日のレッスンで幾つかの具体的な辱めを受けた（と思っているだけだが）。

先ず身なり。ウェア、パンツ、ソックス、シューズ、そしてラケットも全部新品。ピカピカの一年生だ。誰の目からもそれを新調してきたのが分かる。田中はみんなからクスクス笑われている（実際は誰も笑っていない。確かに皆笑顔だったが、馬鹿にしている訳ではない。田中の勝手な被害妄想だ。田中はスクール生のみならず、美澄コーチからも笑われていると勘違いしていた）のを感じた。

次に視線。美澄も含め、全員から見上げられる。若い女性が、下から田中を見つめるのだ。これは堪ったものではなかった。田中はこのクラスでは、できるだけ意識的に自分の存在を小さく見せる様にした。

そして初球。

初心者。特に生まれて初めてボールを打つ超初心者の場合、コーチは、ラケットから直接球出しをする事は先ず無い。いきなりでは、その球を打ち返す事は難しい。だから最初コーチは、生徒のすぐ傍まで寄って、コーチ自らの「手」から球出しをする。つまり目の前でワンバウンドさせるのだ。その距離は、双方の息遣いが聞こえる程の半径二メートル以内だ。田中はドキドキしていた。美澄が片膝をついて、文字通り目の前にいる。

「じゃ、田中さん、打ってみましょう！　初体験ですね」

「！」田中は絶句した。そして体が固まる。（は、は、初体験！　何て大胆な事を言うんだ、この娘は）と思った。田中の異常な緊張を察して美澄が……。

「どうしました？」と尋ねると、

「ハ、ハ、ハイ！　確かに初体験です」と大真面目に答えた。ここで生徒全員、勿論美澄も含めて大爆笑になった。間が空く。美澄は笑いが止まらない。止まらないながらも……。

「田中さん、何事も経験です！　打ってみましょう、イチ、ニッ、サン、ハイ！」美澄の手元からボールが優しく放たれる。そして、

「アッ！」……空振り。

なんと、田中のベアーズ初日の初打ちは空振りだった。田中は羞恥の極みだった。その顔が見る見る紅潮していくのを全員に見られた。「赤っ恥」田中の脳裏に浮かんだ言葉がこれだった。その後の田中は当然ボロボロだ。ただこの初回のレッスンだけで、田中がスクールの同級生に好感を持たれた事だけは確かだった。そしてそれは美澄にとっても例外ではなかった。美澄は、いや、優花は、この二十歳以上年上のオッサンに何ともいえない親しみを持った。この時点で既に田中は、優花にとって「無視できない存在」になっていたのだ。

その後の数週間、レッスンは楽しかった。素晴らしかった。体力的には初心者向けの練習メニューは正直物足りなかったが、美澄コーチの笑顔溢れるコーチングに、一緒に学ぶ若い女性陣のバイタリティーに、田中は程好い刺激を受けていた。

レッスン終了後。同級生と田中は大分打ち解けている。

田中と同じクラスの若い女性陣が、何やら携帯を見て大爆笑している。それは、認証した顔写真に、こんなメガネを掛けたらこうなる、というアプリだった。田中は早速その彼女たち（ギャル）に顔写真を撮られていた。それに（アプリに搭載された）メガネをランダムに掛けてみる。これはダメ、こ

れはちょっと違う。いろいろやってみた。そしてピッタリなメガネに行き着いた。そのギャルが選んだのは、レイバンの黒サングラスだった。田中の顔写真に当てはめてみる。するとその姿は……。

昔テレビで放映されていた『東部警察　西大門刑事（デカ）』俳優名は『石渡哲也』そのものだったのである。


野村廣一からキャプソン納品命令を受けたのは、同じクラスのスクール生徒、クラブスタッフ、コーチ陣の顔と名前をほぼ完全に覚えた二か月程経った頃である。

寄りによって、楽しい楽しいテニスの翌日の早朝が、納品だ。野村製作所に十時までに戻って、自分自身の手でタイムカードを押す為には、キャプソン倉庫裏の『非公式整理券』を最低五時までに確保、取得しなければならない。逆算すると、最低四時に起床しなければならない事を、田中は数回の失敗で学習した。

これは田中にとって負担だった。だったらテニスを辞めればいいだけの、簡単な選択であるが、何故かその時の田中にはそれができなかった。繰り返しオーバーな表現をすれば「テニスだけは絶対に続けなさい」と神の啓示でも受けたかの様な、不思議な感覚に囚われていたのである。

キャプソンへの納品業務が始まる以前の田中の一週間は、以下の通り。月、火、木は残業をして七時終了。水、金はノー残業デー。土、日は基本的に休みだが、急な受注が入った（最近は滅多に無い）場合は出勤といった具合である。

つまりそれまでは、月、木は残業をして七時退社。軽食を済ませてベアーズへ向かうというパターンで、田中にとって、八時開始は丁度都合が良かった。ところが納品がノルマになってからは、そのペースが狂わされる。五時の定時退社では、八時までには時間があり過ぎるのだ。

止むを得ず、止むを得ず、早過ぎるベアーズテニスクラブ到着となった。手持ち無沙汰の田中は、何となく、何となく各クラス、各コートを見て回った。

なるほどクラス分けの必要性がよく分かる。テニスは基本的に、下手な奴は下手な奴同士、上手い奴は上手い奴同士でやったほうが面白い。あまりにも各々の実力がかけ離れると、楽しいものも楽しくなくなってしまう事は、素人の田中にも理解できた。そしてもう一つ言える事は、テニスでも何でもスポーツは（いや、習い事はすべて）上手いに越した事はないという事だ。上手い奴は目立つ。田中は当クラブで一番上手い奴は誰かと思いながら、各コートを見て廻った。

コーチが上手いのは当たり前だ。彼らのウェアは統一されたデザイン、統一されたカラーで、何よりも背中にでっかくBEARS TENNIS CLUB STAFFと表記してあるからすぐ分かる。田中が欲していたのは、コーチ以外の奴だ。

正直パッとしなかった。田中自身は素人だが、本物と偽物の見分けぐらいはできた。本物はいないなあと、諦めかけた時だった。年末に、有栖に案内してもらった事を思い出す。「ここは会員さん専用のコートですよ」（ああ、そういえば言ってた。一番端のコートだ）田中は期待せずとも念の為、そのコートを覗いてみた。

目を奪われた。ずば抜けて上手い奴が一人いる。

ただ、物凄く速いサーブを打つとか、物凄く力強いショットを放つとか、そういう感じではなかった。他の奴はボールを追いかける時、ドタドタと音がするが、そいつはコート上を滑っているかの様だった。そいつは目一杯ボールを打っていないけれど、周りの奴は必至の形相で、その男の打つボールを追っかけていた。その男は基本的に本気でやっていない（様に見える）。ちょっとだけ、ちょっとだけ本気で打つ。周りの奴は一歩も動けない。

一言で言うと、その男以外の周り全員、馬鹿にされているみたいだった。それぐらい歴然とした、完全なる差があった。

田中はあるボクシング選手をイメージしていた。

（そうだアリだ！）「蝶の様に舞い、蜂の様に刺す！」

その男のコート上の振る舞いは、全盛期の『モハメド・アリ』そのものだった。

帰宅してからも、その男の事が頭から離れない。

その後、田中はますますテニスから離れられなくなっていく。テニスを優先すれば、野村との闘いが苦しくなっていくのは分かっていたが、この生活を継続するしかなかった。だが、それで良かったのである。

もう一つの運命の歯車が、間近に迫っていた。あとはそれが噛み合うタイミングだけだった。

中井③（職場）

職場の中井の評判は、最悪だった。

とにかく、言葉遣いがなっていない。誰に対しても、所謂タメ口だった。一口にタメ口と言っても、様々な種類がある。同じタメ口でも、使う人によって、愛嬌があったり、親しみがあったりするものであれば、それはそれで市民権を得る。良い意味でその人の個性となるものだが、中井の場合は違った。中井のそれは、横柄で、生意気で、他人に不快感を与える、剝き出しの凶器の様なものであった。

十数年前、ボクシングの世界では「鶴田三兄弟＋そのオヤジ」が大バッシングの憂き目にあったが、彼らが世間に最も不快感を与えたのは、意外にもその戦いぶりやパフォーマンスではなく、彼らの話し方であった。話し方はその人間を鮮明に印象付ける。営業マンが口酸っぱく教育されるのは、話す内容ではなく話し方とされるのは、この事からだ。その後、鶴田三兄弟は引退し、新たな生き方を模索する。今では普通に敬語を使いこなす、現役時代とは正反対のキャラクターで、表の世界を生き抜いている。引退した後に、現役時代の苦悩を語った。鎧をまとっていなければ潰される感覚にいた事を。

　中井もそうだった、と思い込んでいた。が、実際は違う。中井の場合はもっとタチが悪い。中井は虚勢を張っていただけだった。中井はキャプソン入社と同時に、眼鏡を掛けた。だが中井の視力は右1・2左1・5。伊達メガネだった。中井は当初、自分の素顔が他の社員に晒されるのを極端に嫌った。テニス界のプリンスが、こうも落ちぶれてしまったのかと、周りに悟られるのを怖がったのだ。自意識過剰も甚だしい。大学三年生の、敗れた直後であればまだしも、一年以上経った中井を注目する者など誰もいなかった。中井が世間に注目されたのは、あるほんの期間限定の、一瞬でしかない。周りの社員からすれば、中井は大学卒業の新卒者の一人に過ぎなかったのだ。だが中井は直らない。馬鹿にされてはいけない、舐められてはいけない、の一心だった。結局身に付いてしまったこの悪い癖は、その後二十年以上継続してしまう。中井のキャプソン社内における、その風貌と話し方は、社会人として「手遅れになる可能性がある」と感じさせる、一つの要因だった。

　取山倉庫の中井の業務態度は、融通が利かない、杓子定規の冷たい対応だった。キャプソンの納品受け入れ時間を、嫌味なほど忠実に守った。野村廣一の言った「一分でも早くても遅くてもダメ」は、この中井の対応を指し示したものだった。中井は年明けに、この取山倉庫に就任している。だが昨年までの前任者ではこんな事は無かった。あと一人で終わりの納品業者が十一時三分となったところで、常識的に誰が拒否するだろう。買い手と売り手、元請けと下請け、納品する者と受け入れる者。どちらかが上でどちらかが下という事は無いのだ。本来は五分と五分の人間同士なのだ。

田中が納品業務を担う前は、野村廣一が行っていた。去年まで、廣一は廣一なりに、野村製作所は野村製作所なりに、前任者と上手くやっていたのだ。廣一は前任者に告げられる。「次の奴は、癖が強いから気を付けろ」と。廣一が田中を指名したのには、この様な背景があったのだ。

中井が悪評を受けるもう一つの要因は、納品業者の納品を、全く手伝わない事だった。トラックで持ち込まれたキャプソンの部品は、重量のあるものが少なくない。いや、例え一つ一つが軽量であっても、キャプソンの発注ロットが数百、数千であれば累計の重量は必然的に重くなってしまうのだ。ドライバーは基本的にワンオペだ。どうしても一人で持ちづらいものも多々ある。それを受け入れ担当者が手伝うかどうかは、阿吽の呼吸で行うものであろう。前任者はそうしていた。そして納品業者はその行為に対し、有形無形の「お礼」をしてきた。そしてこの様なやり取りが双方の信頼関係を築き、お互いの業務を円滑にしてきたのだ。

しかし厳密にいうと、この行為はルール違反である。中井はルールを守っているのであるから、キャプソンとしても、中井にとやかくは言えなかった。中井がキャプソン社内で生き残ってきた術は、就業規則厳守だった。中井の発言は、言動は、行動は、内容のみを拾い上げると、間違っていなかった。中井の日々の拠り所だった。

しかし中井は煙たがられる、疎まれる、恨まれる。この矛盾がますます中井を頑なにし、孤立させていった。

中井④（ベアーズ）

テニスクラブ内での中井の評判はどうだったか？　キャプソンと少しだけ違うのは、初めの一〜二か月間だけは、チヤホヤされた事だ。しかし三か月後にはキッチリ皆の嫌われ者になっていた。結局ここでも、まともな人間関係を築く事はできなかった。

土曜の午後だった。

「聞いてると思うけど、中井だけど」入館からいきなり高飛車だ。中井のクラブ初日は、歓迎ムードだった田中のそれとは反対の、反感ムードでスタートした。

中井は細身の長身。一八〇センチを超えている身長の割には小さい顔が、全身のバランスを整ったものにしていた。切れ長の涼しい目元。通った鼻筋。薄い唇。直毛のヘアーはカチッと決めた七三分け。服装は、上半身がボタンダウンシャツにチェック柄のジャケット。下半身はコットンパンツにペニーローファーの革靴。中井は今時には珍しく、アイビールックを好んだ。そのファッションセンスが、中井のルックスをよりスタイリッシュにしていた。大阪のオバチャンが見たら、百人が百人共「あらーっ、シュッとしてはるわ！」と口を揃えたに違いない。中井の外見は、誰が見ても格好良かった。まるでモデルの様だった。中井は少なくとも表面上は「色男」であり、田中とはタイプが違う「美男子」でもあったのだ。ただ、田中がベアーズのスタッフに好意的に受け入れられたのとは反対に、中井のそれは嫌悪だった。あまりにも完璧な容姿は、この段階では、彼らには嫌味なものとして映ってしまっていたのだ。

「………」「………」「………」その様を見て、フロントスタッフの誰もが言葉を失う。何という態度の悪さ。聞いていた。当クラブ、トップのオーナーから、確かに直接聞いていた。オーナーが、高々一会員の入会に関して、スタッフ全員に事前説明をする事は珍しい。（いついつ、これこれ、こういう人が入会してくるから）と、確かに説明があった。いつになくオーナーがピリピリしていたのが、スタッフ全員に伝わってきていた。中井のベアーズテニスクラブ入会は、佐藤が糸を引いていた。佐藤が、オーナー近藤熊吉に、中井入会を懇願、直訴していたのである。

「は、はい。承っております。こちらが入会に関する契約書です」女性スタッフが気を取り直し、中井にサインを促す。あの時田中を対応した有栖だ。

「ここに、名前書きゃあいいの？」周囲の空気が凍り付く。小柄な有栖に対し、中井の身長は一八三センチ。相手を威圧するのに、十分な身長だった。

「は、はい。結構です」完全にビビっていた。有栖を見守るように、異様と思える程の数の他のスタッフが、フロントに集結していた。有栖のすぐ後ろに、夏木がいた。夏木ヘッド（コーチ）だ。

　夏木はギョッとした。中井の悪態についてではない。中井の出現そのもの、存在そのものに、ギョッとしたのだ。その動揺は、周囲にハッキリと分かるものだった。

　中井と目が合う。（あっ、いけない！）夏木は、その表情を見られてしまった事を悟る。普段冷静沈着な夏木としては、醜態と呼べるほどの、極めて、極めて珍しい事態だった。

（なんか用か！）と言葉には出さずとも、中井は視線のみで威嚇した。ほんの僅かの時間に、極限のピリピリムードだ。

「中井様、クラブ内の施設をご案内いたします。ご一緒にどうぞ」有栖のファインプレーだった。彼女の機転で最悪の事態が回避できたのである。中井は一同に視線を残しながらも、有栖にエスコートされていった。この様子を近藤が、フロント事務室の最深部から誰にも気付かれない様に見ていた。

「中井様、こちらが更衣室、こちらが指定ロッカー、こちらがシャワー室、こちらが……」

有栖が手際よく施設を案内する。二人の姿が奥に消え、有栖の声が聞こえなくなると、残されたスタッフに、やっとひと時の安堵の時間が取り戻された。

「なんだあいつ！　感じ悪いな」春日が口を開く。

「シッ！　聞こえるぞ」秋山が諌める。そうは言ったものの、春日の発言は、皆を代表していた。実に的を射ていて、簡潔で的確な表現だ。

【春日大地】ベアーズテニスクラブ専属コーチ。お調子者でお喋り。時々その発言に行き過ぎる事があるが、何故か憎めない愛されキャラだ。

やや茶色掛かった軽いウェーブの天然パーマ、少し離れた両目（しかもタレ目）、高くない（ちょっとつぶれた）鼻、上がっていない（よく言えば親しみのある、悪く言えばだらしがない）口角、その割にでっかい図体、すべてが春日の内面と一致していた。

クラブ内が何かしらの膠着状態になると、その均衡を破るのは必ず春日で、絵に描いた様なムードメーカーである。スタッフは今回も（よくぞ言ってくれた！）と、心の中では拍手喝采だったのだ。

「ハル！」動揺から我に返った夏木が声を掛ける。

ハルというのは春日の事で、同じ立場の秋山の事は「アキ」と呼んでいた。すなわち、春日のハル、夏木のナツ、秋山のアキ、だ。さすがに後輩の春日と秋山は、ヘッドの夏木をナツとは呼べないが、クラブ内では、春（ハル）・夏（ナツ）・秋（アキ）の隠語で通っていた。よく春日が「あと冬木とか冬山とかいう苗字の奴が入ってきたら、春夏秋冬そろい踏みですね」と夏木に何度も茶化して話しているが、今のところそれは実現していない。春日はいじられキャラだ。この中井問題の切り込み隊長は春日しかいない。夏木はそう判断した。


「はい、何でしょう？」

「お前、あの中井さんの相手しろ！」

「え？」

「え、じゃないよ。面倒見てやれ」

「え、ええ？」

「何だよ、誰だって初日は他のメンバーさんと認識が無いんだから、段取り組んでやるのがうちの決まりだろう？」

「そ、そうですけど」

「そうですけど、何だよ！」

「ああいう人は、苦手です」

「誰だって苦手だ！」

「そんな、無茶苦茶な」

「無茶苦茶だろうが何だろうが、相手しなくちゃいけないの！」

「いやあ、もっと適任者がいますよ。アキなんか、いいんじゃないですか？」と、秋山に視線を送る。

ここで今度はスタッフ全員の視線が秋山に集中した。

【秋山実】ベアーズテニスクラブ専属コーチ。実質ベアーズコーチングスタッフ№２だ。

テカテカの額の上には無造作に伸ばした真っ黒の直毛、形のいい鼻にキリッとした口元、鷹の様な目は、いつも何かを睨んでいる様でもあった。秋山は時々夏木に「その目つきなんとかしろ」と半分冗談（半分本気）でからかわれていた。

秋山は言ってみればテニスコーチのサラブレッドだ。両親ともにテニス選手。その影響で、ジュニアから本格的な競技生活を始めた。ベアーズでコーチをしながら、国内外のトーナメントに出場していたが、手首の故障でやむなく現役の続行を断念。コーチに専念したのはここ三〜四年前だ。故障の原因は、自分を追い込んでしまった無理なオーバーワークだった。秋山は妥協が嫌いだ。だから自然と競技志向の生徒に肩入れしてしまう。その反対に『テキトー』にやっているオジサン、オバサンはどうしても苦手だった。

そんな秋山が皆からの視線を逸らす。明らかな「拒否」の意思表示だ。秋山は無い。夏木が助け舟を出した。

「いやいや、ここは春日さんしかいませんよ。春日さん、ひとつ宜しくお願いします」夏木はわざと丁寧語で話す。

「………」春日が周囲にぐるりと助け舟を求めるが如く視線を送るが、勿論誰一人春日と目を合わせない。

「僕ですか？」

「そう、僕です」文法的には合っていないが、僕とは春日の事だ。

「参ったなあ、嫌だなあ」夏木は冗談めかして春日を指名したが、こういった、思った事を素直に口に出す春日のキャラクターに、幾度となく助けられているのを実は心密かに感謝していた。秋山は正義感が強い。中井の相手をすれば、衝突するのは目に見えていた。中井の様な、気難しい、厄介な奴は、むしろ飄々とした春日の方が適任であると、本気で考えていたのである。

夏木の判断は正しいと、スタッフ全員が評価する。いつの間にか中井担当が決まった春日に対し、誰ともなく沸き上がった小さな拍手が、それを物語っていた。

【夏木蓮】ベアーズテニスクラブ専属ヘッドコーチ。夏木はテニスコーチでもあるが、株式会社ベアーズテニス倶楽部の役員でもある。若い頃は長髪で、髭も伸ばし放題。全体に毛量の多かった夏木の風貌は、宛《さなが》ら戦国時代の野武士の様だった。その夏木も今や四十。野性味あふれる雰囲気こそそのままだが、今は髭を剃り、髪は常識の範囲内の短さに留まっている。テニス焼けのその顔は決して老けてはいないが、最近めっきり増えた目尻のシワと白髪の数が、夏木の人生の苦労を物語っていた。夏木は人格者である。同胞には親しみを持たれ、後輩には慕われ、そして先輩からは信頼される、典型的なジェントルマンだった。

そんな夏木でさえも、未だ持ち合わせていないものがあった。ユーモアだ。このセンスだけはこの人に学んだ。春日だ。夏木は最近学んだユーモアを持って、学んだ先生自身に語り掛ける。

「それでは春日先生、何卒、よろしく、お願い申し上げます！」

「分かりましたよ。やりますよ」今度はハッキリとした拍手が沸き上がった。中井と有栖は今、この拍手が絶対に聞こえない奥の奥にいる。全員確信犯だった。

集結したスタッフが解散し、各々の持ち場に行く時、春日が夏木に話し掛けた。

「ところでナツさん」

「なんだお前、調子に乗りやがって。夏木ヘッドコーチと呼びなさい！」ここまでは和やかムードだった。だが次の春日の一言で周囲は凍り付く。

「それじゃ、夏木ヘッドコーチ。さっき、あの、その、中井さんを見た時、随分ビックリされてたご様子だったんですけど、お知り合いですか？」

「………」夏木が言葉を失う。夏木の様子がおかしかったのは、スタッフ全員が感じていた。何かがあったに違いないとは、一目で分かるが、それを詮索しないのが大人というものだ。（まただよ、余計な事聞きやがって）スタッフが無言の圧力を春日に送る。鈍感な春日もさすがに気が付く。そしてあわてて取り繕い、

「ああ、な、何でも無ければいいんです。失礼しました」と、手遅れのフォロー。

「いや、別にいいよ。ハルの言う通りだ。ちょっとした知り合いなんだよ。それにしちゃあ、オーバーアクションだったよな。醜態だよ。みんなごめん」

（ほれ見た事か）と、スタッフは改めて春日に視線攻撃を続ける。あの夏木ヘッドが動揺したんだ。よっぽどの事情があるに違いないって、一瞬で見抜けなくてどうする。そう語っていた。

「今は言えないけれど、将来その時が来たらちゃんとみんなに話すよ。ほんと恥ずかしいところを見せちゃって、面目無い」

（この馬鹿が！）再々度、春日は冷視線攻撃を受ける。夏木ヘッドにこんな事を言わせるなんて、ほんとにお前は大馬鹿野郎だ、死んでしまえ、ぐらいの圧力だ。春日はそのでっかい図体を、極限まで縮こまらせて、反省しきりだった。泣きそうな顔の春日を見て、夏木が爽やかに慰める。スタッフ全員が尊敬する懐の深い人間だ。

「ハル、気にすんな。これからも頼むぞ！」

「はい、ありがとうございます」

スタッフが改めて各々の持ち場に散らばる。夏木の言葉に疑いはない。ただどうしても、腑に落ちない点があった。夏木の知り合いであるはずの中井は、どうして夏木に反応しなかったのだろう、と。

中井は着替えを済ませ、有栖に事前に案内されていた会員専用コートに足を踏み入れた。タイミングを見計らって春日が声を掛ける。

「中井さん！」

「………」中井が無言で振り向く。

「初めまして。スタッフの春日と申します。よろしくお願いいたします。初回ですので、私がお相手させていただきます」

「………」なおも無言だ。普通は、「中井です。こちらこそ、ヨロシクお願いします」程度は言う。

この時点で異常な奴だ。

「準備運動とか大丈夫ですか？　大丈夫みたいですね。いきなりでなんですけど、ちょっとミニラリーでもしてみましょうか？」

「何だい、品定めかい？」ひねくれた反応だ。

「いえいえ、そんな訳ではありません。ウォーミングアップって事で」春日の良いところは、この寛容さだ。春日が担当で正解だった。秋山を当てていたら「なんだてめえ、その態度は！」ぐらいの事を言ってしまっていたかもしれない。


ギクシャクしながらも、中井と春日は一番端のコートでミニラリーを始めた。最初はサービスラインぐらいから。次第にお互いに下がり、サービスラインとベースラインの中間ぐらい。最後にベースライン付近で打ち合った。

初対面同士のラリーは、ムキにならず、全力で打ち合わないのが礼儀だ。さすがに中井も、このルールだけは守った。軽いラリーだった。

春日の感想はこうだ。（力みのない打ち方だ。無駄なテイクバックが無い。ミスはほとんどしない。まずまずだ。だけど打球は速くないし、重みもないな）

「中井さん！　次ボレー行きましょう！」

中井がスルスルッとネットに動く。バックのスライスでアプローチ。自然にキャリオカステップを使っている。スムースだ。（ヨシッ、大丈夫）中井の動きを春日が確信した。

「中井さん！　それじゃ、チョット強く打ちます」

「…………」中井は相変わらず無言だ。だがプレーだけは（ボレーだけは）中断しない。

春日のボレー評価はこうだ（フォアもバックもそつなくこなす。ミスもない。だけど山なりの返球ばかりだな）。

次はストローカーとボレーヤーを交代するも、春日の印象は一緒だった。総じて感じるのは力強さは無いな、という事だった。（サーブも打たせてみるか？）と決め、

「中井さん、サーブ打ってみましょうか？」と発すると、意外な答えが返ってきた。

「いや、いい」

「え？」

「もういいよ。十分」

「…………」春日はキョトンとした。これからなのに、と思った。

この中井が発した「もう、十分」に、どれだけの意味が込められていたのかは、この時点での春日には知る由もなかった。春日がこの、今日の出来事を真に理解するのには、一年以上の月日が必要だった。


試していた、試されていた。観察していた、観察されていた。下に見ていた、下に見られていた。本当はすべてが逆だった。中井はほんの僅かの時間に、春日を見切っていたのだった。

中井は春日の心配を他所《よそ》に、コート横のベンチに腰掛けてしまう。困ったのは春日だ。ベアーズテ

ニスクラブのスタッフは、会員をできるだけ孤立させないようにとの教育を受けている。初日の中井を、ポツンと一人にさせておく訳にはいかなかった。暫し、春日は途方に暮れる。だがそんな春日を救ったのは「信号トリオ」だった。

信号トリオというのは、赤井直美、青木智子、横峰恵子のアラフィフ三人組だ。彼女たちはベアーズテニスクラブの古参、いやベテラン会員で、その苗字の漢字から赤、青、黄を取って通称「信号トリオ」と呼ばれていた。但し、おおっぴらに、ましてや彼女達の目の前で、この通称を使うのはタブーとされていた。

彼女達は、アマチュア女子シニアの部、取山市内トップ。茨城県大会でもベストフォーまで進出する程の実力だった。これ程までの実績である。当然クラブ内で、尊敬されるべく位置にあるものだが、残念ながらクラブ内の評判は、芳しくないものだった。「芳しくない」は、まだソフトな表現で、実際のところ彼女達は、皆に嫌われていた。理由は、①いつも三人つるんで他者を排除する事 ②コートを長時間独占使用する事 ③三人だとダブルスの試合ができないので、コーチを無理やり引き入れる事 ④プロコーチとアルバイトコーチを、露骨に差別する事（夏木や秋山など、実力が図抜けているコーチにはおべっかを使うが、まだ技術的に未熟なアルバイトコーチには、馬鹿にした態度を取る）⑤男性会員プレーヤーを下に見ている事（コーチを使えない場合、男性会員をダブルスの一人に加えるが、中途半端な実力の男性会員の場合、彼女達の足を引っ張ってしまう事が多々ある。男というものは、意外とナーバスな生き物なので、その後落ち込んでしまう）だった。

まだまだあるが、彼女達の一番の悪評は、ジャッジに関する事だ。単刀直入に表現すれば、要するに『ズル』ばかりしているという事だ。アマチュアの場合、余程のレベルの高い大会でない限り、判定はほぼすべてセルフジャッジだ。彼女達は自分有利のセルフジャッジを巧みに使う。しかも大事な場面でそれを行うのでタチが悪い。会員同士、あるいはコーチの間でも本件は皆承知で暫し問題になっていたが、強硬な反発を恐れ、触らぬ神に祟りなし状態になっていたのだ。

さて、そんな悪評の信号トリオだが、今日、今回に限っては、春日にとって思わぬ救いの神となった。横峰恵子が声を掛けてきた。

「あら、ハルさん。初めての方?」カスガさん、と声を掛けるのが礼儀だが、横峰の図々しさと、春日のキャラクターが相俟って、春日のみはハルと呼ばれていた。

「そうなんです。今日ご入会です。中井様、です」

「はじめまして、ヨロシク、横峰です」「赤井です」「青木です。お一人?」

「………」中井は相変わらず、無言だ。普通であれば、どちらともなく「ご一緒しましょう!」の声が上がるものだが、中井が積極的なアクションを起こさないので、仲人よろしく春日が、三人と中井の仲を取り持った。

「いきなりでなんですけど、ゲームしてみません? 丁度三人とお一人ですし」

「あら、いいじゃない! 入ってもらいましょうよ」

春日は内心、ヨシヨシとほくそ笑んだ。この場面、まさしく「毒を以て毒を制す」だな、と思った。

「どうでしょう中井さん? 御迷惑でなければ」

「……」無言で無表情。決して喜んで、という感じではなかったが、中井はベンチから腰を上げた。まあ一応だけど『やってやる』の、意思表示だった。組み合わせは、赤井・青木ペア対横峰・中井ペアになった。春日は立会人代わりの、一応審判だ。但しジャッジはあくまでもセルフジャッジ。春日がアウト・インを判定する事も、ゲームをカウントする事も無い。

赤井のサーブでゲームが始まった。中井はデュースサイド。ファーストサーブに対し、あっさりロブリターンでウィナーを取る。ノータッチだ。

「ナイスリターン！　上手いじゃない！」信号トリオは上から目線の称賛だ。まぐれと思っている。だが次のリターンも全く同じパターンで中井はウィナーを取る。

チェンジコート。中井は横峰にサーブを譲る。このゲームはラリーに全く参加しない。

次のゲーム、青木のサーブ、最初のポイントはやはりロブ。ノータッチとはいかなかったが、前衛の赤井がスマッシュミス。次の中井のリターン、警戒した赤井・青木ペアは、前衛の赤井がやや後方にポジショニング。後衛の青木は、サービスダッシュせず、ステイバックの戦法を取った。この陣形だとロブは使えない。中井はショートクロスを、相手のアレーコートの浅いところへコントロール。青木はなんとか返球したが、コートの遥か外に追い出されてしまったので、コート中央ががら空きになった。そのオープンコートへ、バックハンドウィナー。

中井は一つも強打する事無くゲームを制す。初めは中井の事を馬鹿にして、ユルユルだった信号トリオの表情が強張ってきた。

チェンジコート。デュースサイドは赤井のレシーブ。信号トリオは中井がどんなサーブを繰り出すのか、体がこわばっていた。はたして中井が繰り出したサーブは……。アンダーサーブだった。一九八九年のフレンチオープンセミファイナルで、マイケル・チャンがイワン・レンドルに放った、あのアンダーサーブだ。ネットスレスレを、逆スライス回転で通過したボールはほとんどバウンドせずノータッチエース。ここで信号トリオは、馬鹿にしていたはずの自分達が、逆に馬鹿にされている事を、否が応でも悟る事になる。

アドサイド、青木のレシーブ。全く同じアンダーサーブ。中井はデュースサイドよりもさらに鋭い回転を掛けた。ボールはコート外側に、逃げていく。青木も全く触《さわ》れない。

デュースサイドに戻る。中井は同じサーブ。さすがに赤井も馬鹿ではない。レシーブダッシュを試みたのだ。だが、レシーブダッシュをしていると思っているのは赤井だけで、結果赤井は、前方に誘き出されただけだった。誘き出したところで、中井は赤井の頭上をロブで返球。前に体重を掛けていた赤井は、逆をつかれてその場でつんのめる。その場で転ぶ。嘲笑うかの様に、打球は後方のネットへ静かにバウンド。十九年前に、どこかで見た様な光景だ。醜態を晒した赤井の顔は、羞恥で真っ赤だった。

再びアドサイド。青木レシーブ。青木はこれといった対策が見つからない。またまた中井のアンダーサーブが、ノータッチで決まった。その時だった。

「フォールト！」青木が大声で叫ぶ。誰の目からもボールはインだったが、青木は事実を捻じ曲げる行為をする。

「おいおい、全然入ってるだろうよ！　よく見ろ！」中井が毒づく。言い方はヤクザの脅しだが、この件に関しては、中井の言っている事が合っている。

「セルフジャッジです。ネットを越えたら、サーバー側にジャッジについて、クレームを言う権利はありません」なるほどこの姑息な手法で勝ち上がってきたのだろう。敵チームに文句を言われた時の、常時準備オーケーのセリフだった。これまでであれば、敵チームはこれで何も言い返せない。だが中井には再反撃の準備が、セリフが用意されていた。

「セルフジャッジなんだろうけどよ。今日の場合は審判がいるんだ。第三者としての、公平な審判がよ。なあ、春日さん」中井が春日を見る。同時に他の三人も春日を見る。八つの目が一斉に春日に集中した。

中井は見ていた。中井は分かっていた。春日がボールの行方をしっかりと見届けていた事を。ボールの落下地点は、春日の目の前だったのだ。春日は唾を飲み込む。真実を曲げる事はできない。

「青木さん、入ってます」春日の言葉に、青木が青ざめる。

「………」「………」「………」青木は勿論、信号トリオ全員が黙った。コート上は暫し、真空状態になる。青木が反論できないという事は、インを認めた事だ。ゲーム、横峰・中井ペア。

四ゲームが終わって、五ゲーム目。サーバーが振り出しに戻る。赤井のサーブはボロボロだった。中井側に放つサーブはすべてダブルフォールトになった。その後の彼女たちのプレーは、意識的に中井のところにボールを配給しない形で進められていった。

チェンジコート、横峰のサーブ。双方ポイントを重ね、アドバンテージ、レシーバーになった。中井が前衛の時は、中井はプレーに参加しない。いつでもポーチができるのだが、それを行うと白けてしまうので、中井は棒立ちだ。ただ本来ネット越しの相手選手を見るべき中井の視線は、何故か味方選手の、横峰の足元にあった。横峰のファーストサーブ、イン。青木が「フォールト！」のコール。この期に及んでもまたしてもアンフェアな行為だ。さすがに他のメンバーもウンザリした表情だったが、今度は中井は抗議しない。黙っている。周囲は、あれっ、となったが、クレームが無い以上そのままプレーを続行していくしかない。勿論春日も無言だった。セカンドサーブ。今度は完全にイン。なんと青木はレシーブのイージーミス。青木はバツが悪そうだった。独り相撲の形になった結果に、味方の赤井は憤慨した表情を隠せない。その時だった。今度は中井が口を開く。

「いやあ、ゴメンゴメン、このゲーム、レシーブ側だ。最後のポイントはそっちだよ」終始横柄だった中井の意外な態度に、周囲は却って驚いた。

（?.?.?　どういう事?.?.?）コート上が、クエスチョンマークで覆われる。

「うちのチームのサーバー、横峰さんだっけ。フットフォールトだ。いままで黙っていたんだけどよ、全部フットフォールトだな」横峰の顔が見る見る紅潮していく。

「さっき青木さんに、ネットを越えたクレームはできないって言われたけど、その通り。確かにそっちからじゃ、文句言えないわな。青木さんのお言葉をお借りして、セルフジャッジだ。だからチーム内でセルフジャッジするよ。横峰さんのサーブは全部フットフォールト」またしてもコート上の時が止まる。もう一度だった。もう一度春日に視線が集中する。

　赤井は知っていた。青木も知っていた。横峰が極端なフットフォールトをしている事実を。横峰も分かっていたが、二人が何も言わないのをいい事に、その悪い癖を直そうとしなかった。それだけでは無い。横峰のフットフォールトは、テニス関係者の中では有名な、周知の事実だったのである。春日が重い口を開く。大きな声ではないが、一言一句ハッキリ、丁寧に、何か意を決したかの様な声質だった。

「フットフォールトです。残念ながら、横峰さんのサービスは、すべてフットフォールトです」（従って、中井さんの言う通りです）と付け加えるまでは酷だったので、ここで発言は止めた。

信号トリオの三人は、心の整理がつかない。重い空気の中、その空気を切り裂くが如く、中井がとどめの一言を吐く。

「ズルは駄目だよズルは。正々堂々戦わないと」

そのあとのゲームは、続かなかった。初めての対戦は、一セットも消化する事無く終了。信号トリオの三人は、早々にコートを去り、それぞれの自宅にバラバラに帰宅した。その後の三人の一人一人が、反省したのか、改心したのか、あるいは不貞腐れているのか、そして三人の関係がどう変化したのかは分からない。ただ、再びベアーズテニスクラブに顔を出さなくなったのは、皆がはっきりと分かる事実になった。

中井はどうしたか？　中井もこの日は、プレーを続行する事なく、クラブをあとにした。

その時春日に不思議な感情が沸き上がった。最初に抱いた「感じ悪い」中井は既にそこに無く、何故かむしろ応援したいというか、後押ししたいというか、そういったポジティブな感情が芽生えてきていたのである。あやふやであったこの感情は、別れ際に放たれた、中井の意外な言葉で確信に変わる。春日とすれ違いざまだった。春日に視線を合わせる事無く、静かに一言、こう言った。

「ありがとよ」

四人の姿が完全に消え、クラブ内に平穏な日常が取り戻されると、春日は今日の事の顛末を、身振り手振りでスタッフ全員に報告した。報告というのは、事実をありのままに、客観的に行うものだが、春日のそれは漫談だった。春日は、超が付くほどのお喋りで、先の夏木の件の様に墓穴を掘る事があるが、話そのものは上手く、そして面白かった。スタッフが、実は、春日の話を楽しみにしているのも事実である。

「いやあ、赤井、コケちゃってさあ、誰にも当たれないんで、顔真っ赤にしてやがんの。これがほんとの赤井（あかい）顔、なんてね。青木は青木で、ジャッジを誤魔化してるし。俺の目の前だよ、完全に入っているのに『フォールト！』だもんなあ。目が点になったよ。しかも二回だ！　指摘されて真っ青になってやんの。青木だから顔真っ青だ。極めつけは横峰。どう見たって百パーセント、いや、百二十パーセントフットフォールトだよ。いつか、誰かが言わなくちゃならないと思ってたんだけど、中井さんナイス！　ガッツリ見ててくれた。そのあと横峰不貞腐れてやんの。もう投げやり。横峰だから、横やりか？　あはは！　だけど多かれ少なかれ、みんなシュンとしてたよ。やっぱり最後の中井さんの言葉がトドメを刺したな！『ズルは駄目だよズルは！　正々堂々やれ！』だもんな。よくぞ、言ってくれました、って感じ。これは効いたな。まさしく『ギャフン』と言わせてやったよ！」

仮にもお客様である三人に対して、呼び捨てはよろしくないし、そこまで酷く言うものではない。春日の話がオーバーで、所謂盛っている事は、誰しもが了解済みではあるが、それでも今回の話は、いつも以上に興味深く、いつも以上に面白かった。

人は共感すれば心地よくなるし、思っている事の反対を言われると不快になるものだ。信号トリオについて、少なからず負の感情を抱いていたスタッフにとって、今回の出来事は、溜飲の下がる思いであった。そうはいっても、もしかすると会員三人を失う可能性のある事なので、この時点では内部のみ知る事項とし、スタッフには箝口令が敷かれた。しかし、この話は、あっという間にクラブ内に広がってしまう。信号トリオの顔を最近クラブに見ないので、どうしたものかと噂が噂を呼んだ結果、結局お喋り春日が自爆、自白してしまったのだ。しかし、この話は他の会員にとって、むしろ朗報として捉えられた。

中井が最初だけチヤホヤされたのは、今回の事件が大きな理由だ。何も知らない他の会員から見れば中井は、鬼を成敗した桃太郎のイメージを持たれたのだ。

特にチヤホヤされたのは、中井の意に反して、比較的若い女性会員からだった。信号トリオに、良い思いを抱いていない、いや、直球の表現をしてしまえば、イジメられていたグループに支持を受けたのである。「敵の敵は味方」理論だ。

元はと言えば春日が蒔いた種だが、春日他コーチ陣の心配を他所に、中井は引っ切り無しに、女性グループから声を掛けられた。初日のコーチ陣の、中井がコートで一人ぼっちになる心配は、杞憂となった。

ただそれも長続きしなかった。中井には、接待テニスができなかった。憎たらしいが、信号トリオ程の実力があれば、所謂いじめ甲斐がある。しかし、それすらもない新女性グループには、何の魅力も無かったのだ。中井の、社会人としての、大人としての、人間としての最大の短所、それは、剝き出しの感情を、そのまま口にしてしまう事だった。あろう事か中井は「貴女《あな》達《た》とやっても楽しくない」と、口にしてしまう。中井の周辺から潮が引く様に女性陣が離れていく。あっという間の事象だった。中井はまず、異性から嫌われた。

それは、女性コーチ陣にも同様に言える事だった。美澄も例外ではなかった。美澄は、明るく屈託のない性格で、ほとんど人の好き嫌いが無い。その美澄でさえ、中井に好印象を持つ事はできなかった。中井はコーチ陣にさえ、尊敬語、丁寧語を使えなかった。美澄が中井に嫌悪感を抱いたのは、何といってもその話し方である。

最初の好感度が高ければ高いほど、それを裏切られた時の反動は大きい。芸能人の不倫や不祥事の発覚がそれだ。中井はそのジェットコースターを、僅か一か月の間に遣って退けてしまった。女性は、一度嫌いになってしまった男には、二度と見向きもしない。「あなた達とやっても楽しくない」の発言以降、誰一人中井に声を掛ける女性はいなくなった。

次に興味を持たれたのは同性、つまり男性陣からだった。

例によって、興味を持たれた、イコール好意を持たれたではない。女性陣が中井を誘うそれとは違い、男性陣の中井へのラブコールは、それはそれは女々しいものだった。男性陣は噂を勝手に拡大解釈していた。それこそ正々堂々と、中井に挑戦してくるものは誰も現れず、中井を遠巻きに見ているだけだった。たった一か月でまたもや中井は孤立する。そしてもう一度春日の出番となった。春日はあの初日以来、中井擁護派になった。擁護というよりも応援するスタンスだ。春日以外のスタッフの、中井に対する嫌悪感を横目に、春日自身は中井の事を「言うほど悪い人じゃない」と感じていた。中井を孤立させる訳にはいかない。だから今回の春日は形振り構っていられなかった。対戦相手を手当たり次第に中井にぶつけた。だが残念ながら、試合はすべてダブルスだった。シングルスにエントリーしてくる豪の者は、一人もいなかった。

いや、一人いた。十五歳のジュニアの育成選手だった。「山田恵介」といった。自分勝手で我儘で、生意気なガキだった。だから同世代の友人がいない。対戦相手がいない。そして中井も相手がいない。いない者同士で春日は二人の対戦をブッキングした。恵介はオッサンの中井を、露骨に馬鹿にしていた。こういう奴に限って実力が伴わないのは、テニスの世界では常識だ。中井はこの山田恵介を一蹴。恵介は試合前、中井に暴言を吐いていた。中井は試合後、それを「倍返し」する。その様子を偶然母親が見ていた。この母親は曰く付きのモンスターペアレンツだった。母親は半狂乱。直ちに退会を申し出た。

ここまでの大問題を起こせば、当然中井に退会命令が出てもおかしくないところだが、何故か中井は残った。信号トリオといい、この山田親子といい、中井のやった事はいってみればクラブ内の癌細胞の破壊だった。この点についてだけは、ある意味功労者かもしれない。だが中井の放つ強烈すぎる放射線は、癌細胞だけでなく、その本体までをも破壊する可能性を孕んでいたのである。

その頃、中井は佐藤の言った「ベアーズのプレーヤー全員と対戦してみろ!」を思い出していた。

キャプソンの業務が終了した平日は夜、休日は朝から終日、ほぼ毎日休みなしで、クラブに通った。連戦連勝だった。互角に渡り合える奴は、誰もいなかった。サッサと№1になって、サッサと辞めてしまいたい。中井は意地になり始めていた。空手でいうところの、百人組手をしている様な心境だった。

そんな中井の姿を偶然見ていた男がいた。

田中だった。

中井⑤

三寒四温の「温」が勝ち越した一日。三月の上旬だった。

春日が必死で段取りし、ブッキングした、中井とその他当クラブ№1、2、3のメンバーによるダブルス。

圧巻だった。中井が躍動している。中井のワンマンショーといって良いかもしれない。リターンゲームだけではない。前衛に回れば、こんどはポーチに出た。サーブも速かった。スライスサーブは切れに切れた。セカンドのスピンサーブでノータッチのエースも取った。フラットドライブの片手バックハンドは、ダウンザラインを見事に捉えた。決まったはずの相手のショットもダイビングボレーで返した。

夏木と秋山は初めて見た。中井が本気でプレーしているところを。

「凄い！」

リターンゲームは「上手い！」だったが、ゲーム全般を通じて、「上手い！」は、「凄い！」に変わった。二人は中井の、すべてのプレーに引き込まれる。中井の目の色が違う。鬼気迫る感じだ。いつも相手を馬鹿にしている中井のプレーが違う。初めて相手チームを、チームメイトをリスペクトしている。

秋山の言った、最後の砦の三人が、中井をそうさせていた。

「他の三人も素晴らしい！　最高のプレーをしています」秋山が興奮して叫ぶ。

「おお！」夏木も珍しく大声で叫ぶ。秋山の言う通りだと。

見る者を興奮させ、感動させているのは、ポイントのほとんどが、ミスではなく、ウィナーで決まっている事だった。他の三人の素晴らしさとは、中井の実力に及ばずとも、自分が行うべきプレーを忠実に、誠実に、全力で遂行している事だった。従って見るものを白けさせる自滅がない。勝負を逃げない素晴らしさ。潔さ。

そして中井は、感じていた。今日が最後だ、という事を。

異例中の異例、試合は三セット行った。三通りにペアをローテーションして。勿論中井が入ったペアが全勝した。ただ各々のスコアは６－２、６－３、６－４だったので、すべて楽勝という訳ではなかった。二時間近く掛かった。

中井がクラブハウスに引き揚げてきた。顔を紅潮させ、ウェアからは湯気が出ている。いつもは涼しい顔の中井にしては珍しい、いや、初めて見る光景だ。

中井は着替えを済ませ、帰宅の準備をし、クラブハウスをあとにしようとしていた。その後ろ姿を見付けた春日が声を掛ける。

「中井さん！」

「おお!?」中井が少し驚いた表情で振り向く。

「お疲れ様でした。どうでした？」春日は今日、中井のゲーム中は丁度レッスンが入っていたので、中井のプレーは見ていない。

「ああ、まあまあ、いや（まあまあは要らないか）、良かったよ」

「え？」春日は一瞬、耳を疑う。

「良かったよ。いいゲームだった」

「………」意外な答えだった。これまで中井は、つまらない、面白くない、大した事ない、話にならない、の連続だった。それに対し春日も、

「そうですか、それは残念。また、次の対戦相手を見つけますよ」と、言い続けてきた。今回もそうに違いないと覚悟していたところの、中井の発言だった。中井が続ける。

「今日はちょっと、いや（ちょっとは要らないか）、真面目にやった」

「………」

「何て言うのかな？　逃げない奴っていうのか、諦めない奴っていうのか、歯が浮いちゃう様なセリフだけどよ、正々堂々戦う奴はいいよ。こっちも真剣にやらざるを得ない。本気でやったのは久しぶりだ。面白かったよ」

「……………」春日は、気の利いたコメントができない。

「今日以上のメンツはいるかい？」

「いえ、いません。今日のメンバーは私の考え得る、最高のメンバーです」

「そうかい。ガッカリした様な、ホッとした様な感じだな。あれより上手い奴が出てくるとなると、俺もちょっとヤバかったかも」中井が微笑んだ。春日が知りうる限り、初めて見た中井の笑顔（今まで散々見てきた、人を見下す、嫌味で、不敵な笑みとは性質の全く違う純粋な、素直な）だった。春日が静かに謝罪の言葉を口にする。

「申し訳ない」

「申し訳ない？　何が？」

「いや、中井さん、せっかく本気出していただいたのに、これ以上の相手がいなくなっちゃって」

「フフッ、何言ってんだよ。春日さん、よくやってくれた。もう十分だ。もう十分確認できたから」

「確認？」

「ああ、いや、こっちの事、何でもない」

「中井さん、辞めちゃうんですか？」

「………」

「あと、お相手するとなるとコーチ陣になるんですが、決まりで、コーチはクラブ内では会員さんと、真剣勝負はできません」

「……………」

「あ、あの、別に逃げてるって訳じゃないんです」

「分かってるよ。どっちが勝ってもその後が気まずくなるもんな」

「中井さん？」

「ん？」

「一度聞こうと思ってたんですけど、中井さん過去に」また春日の悪い癖が出た。春日は自分でそれに気付き、一度口に出して、またすぐに引っ込めた。中井は聞こえなかったフリをして、元の会話に戻った。

「もう一回聞くけど、今日のメンバーで最後？」

「最後です。中井さんの、このベアーズテニスクラブでプレーをする人全員を見たいというリクエストに対して、短期間でしたけど、中井さん、ほとんど毎日来られて、クラブ会員さん、あ、逃げちゃった奴は別として、クラブ会員さんについては、全員対戦したと思います。あと、スクールの生徒さんですけど、中井さんが目にしていないのは、初級クラスぐらいだと思います。このレベルの方は端から対象外ですから無視しました。中井さんの様な会員さんと、スクール生徒さんがご一緒する事はまず無いんですけど、最初の頃、スクールの空き時間で上級者クラスの方とゲームしていただいたの、覚えてます？　まあ、私が無理やりブッキングしたんですけど、全く相手にならなかったですよね。上級者といえども会員のトップレベルの方よりは、少しレベルが落ちます。ですから消去法でいって、今日のメンバー以上の実力者は、当クラブにはいません」

「分かった。初級クラス以外は全員見たって事だな」

「そうです。初級クラスは若い女の子ばっかりです。一応見学しますか？　そういう目的なら話は別ですけど。エヘへ」

「そうか。俺は女に嫌われまくってるから、ますます駄目だな」中井がまた少し微笑んだ。

「ああ、あと場違いの人が一人。あ、しまった、聞かなかった事にしてください」

「場違い？」

「あ、いや、その、一人男性がいるんですけど。初心者です。何でも無いです」

「そのクラスって、何曜日なの？」

「ええっと、美澄のクラスだから月曜日です。明日のナイターですね」

『美澄』という苗字は、重要なポイントだった。だが中井は聞き逃してしまう。この時点では、コーチの名前に意識は向かっていなかった。

「分かった。ん、じゃ明日、一応覗いてみるよ。退会届を出して、それで終わりだ」

「……………」

「秋山?だっけ。あのコーチ、俺の事目の敵にしてたなあ。目つきで分かるよ。俺が辞めるって聞いて、清々するんじゃないの？」

「……………」春日は何も言えない。

「何だ、否定しないな」
「いえ、あの、そんな事は無いです」
「アハハ、あんたは嘘が付けないなあ。正直でいいよ。あんただけだよ。俺の事、本気で相手してくれたのは」今度はハッキリと声にして笑った。

春日が柄にもなく、感傷的になっていた。中井は何故か春日にだけは心を開いていた。それは春日も感じていた。クラブハウスをあとにする中井を、春日は無言で見送った。中井の後ろ姿が寂し気だった。

その姿を、他のベアーズテニスクラブスタッフは冷めた目で見ていた。春日とは真反対の感情で。ただ「もうすぐ終わりだ」の予想は皆同じだった。

数日後、その予想は裏切られる。誰しもが想像し得なかった形で。

田中④

ワンクール十回の終盤に差し掛かる頃になると、さすがに田中も少なからず、ストレスを感じていた。田中の場合、週二回であるから、同じ内容を二回繰り返してやる事になる。初級クラスは、言わば馬鹿馬鹿しい基礎練習の反復のみだ。本来は自由に美澄もやらせたいところだが、スクールには定められた教育プログラムがあり、美澄としてもそれを無視して田中だけ勝手にやらす訳にはいかなかった。田中も正直基礎練習は、もう十分という心境になりつつあったのだ。

田中のストレスを大きくさせているのには、田中自身のある経験が関係していた。初めてのサーブレシーブでこんな事があった。ベアーズテニスクラブにはインドアコートとアウトドアコートがあるが、その日は後者で行った。田中はスクール生徒が放った、打ち頃のサーブを全力でリターンする。打球はベースラインの後方のバックネット金網を遥かに超えて、屋外に飛び出ていった。所謂ホームラン。特大の場外ホームランだ。藪に消えたボールを探したが見当たらない。その後ボールが再びコートに復活する事はなかった。

田中は（大袈裟にいえば）貴重なクラブの財産を紛失してしまったのだ。それを機会に田中は全力でボールを叩く事を控えるようになる。ホームラン程度であればまだ可愛いのだが、田中が全力でボールを打てないもう一つの大きな理由があった。さすがにスクール生徒同士は本気では打てないが、コーチの打球なら多少は打ってもいいと思った。美澄コーチのサーブだった。相手チームの前衛にとって悲劇だったのは、美澄の放ったサーブがそこそこ速かった事だ。遅いボールは十分に引き付けて、自分の力のみで打ち返さなければならない（例えば合計十の威力のボールを打つ場合、相手のボールの威力が二ならば、自分は八の力で打つ必要がある。山なりの力の無い打球を捕らえるのが意外と難しいのは、こんな理由だ。プロの選手でもミスショットで極端なオーバーになる事がある）。

今回の美澄のサーブはいってみれば八ぐらいの力があった。それを田中は、あろう事か九ぐらいの力で打ち返してしまった。従って打球は合計なんと十七に跳ね上がる。上に上がってホームランになれば誰も傷つかない。ところがこの時に限って、ボールは低い軌道を描き、ネットの四〇センチ程上に飛んだ。

全く動けなかった。人は真正面から向かって来た物体に対し、動けない。やや左右にずれた軌道であれば、距離が掴めて、避ける事ができるのだが、真正面から来たものは意外と避けられない。所謂身がすくんでしまうという状態だ。

火を噴く様な、恐怖の打球は前衛の女子の額へ。もしあと数センチ左右にずれ、眼球を直撃していたら、彼女は失明していたかもしれない。幸運と呼ぶしかない。額を直撃したボールは、その勢いをほとんど吸収する事無く、十五ぐらいの威力とスピードで、跳ね返った。

瞬間彼女は何が起こったか分からない。ノーリアクションで、その場に立ち尽くすだけだった。大騒ぎしたのはむしろ周りの人間で、コートは悲鳴に包まれた。驚いた（動揺した）順番でいうと、一番は何といってもサーブを打ち返した田中本人、二番目はサーブを打った美澄コーチ、三番目は相手前衛の悲劇を一番近くで見ていた田中と同じチームの前衛、四番目がその瞬間を目撃したギャラリー。で、最も感情が動いていなかったのは、直撃された本人だった。

テニスボールを舐めてはいけない。その当たり所次第で、その人の人生を変えてしまう程の力を秘めた、使い方次第では凶器有らしめてしまうものである。つまり、それ程田中の打球は速かったのだ。

事の次第を理解した、直撃を受けた彼女は青ざめる。むしろその瞬間よりも、しばらく時間が経過して我に返って、冷静になった時、恐怖が芽生える。彼女はその場にしゃがみ込んで大泣きしてしまった。勿論田中は全力で彼女に近寄り、土下座も辞さない気持ちで誠心誠意謝った。だが彼女はむしろ田中の気持ちを慮り、気にしないでいいと言う。

もしこれが、常日頃中井の様な態度を取っていたら、場合によっては田中を訴えるといった事態に発展していたかもしれない。だが、日頃のレッスンに対する真摯な田中の態度を見ていた彼女に、田中を責める気持ちなど毛頭なかった。完全な不可抗力として不問に付してくれたのである。最悪の事態を想像し、それが回避できた美澄コーチも心の底からホッとした。彼女にとっては責任問題だ。その彼女に対して迷惑を掛けたと自覚した田中には、その後全力で打球を打つ事など到底できなかった。

田中はその一件以来、このクラスでは「ストローク」を全力で打つ事は無かった。しかし、よくよく考えてみれば田中は全く悪い事はしていない。悪い事はしていないのに、全力のプレーができないジレンマに、一種のストレスを感じているのであった。また美澄もそんな田中をここ最近は持て余すようになってきたのである。

クールも終盤に差し掛かったある日のレッスン。月曜日だった。コート使用ローテーションで今回はインドアだった。サーブの練習になった。テニスの練習は基本的に自分と相手がネットを挟んで行う。ただサーブ練習だけは例外で、この練習だけは自陣のコートから無人の相手コートに打ちっぱなしの形態を取る事が多い。ストレスを感じていた田中にとって、人を傷つける可能性の無い、唯一の練習だった。しかもアウトドアであれば、ホームランの可能性があるが、今日はその心配も無い。田中はここ最近のストレスを発散するが如く、全力でボールを打ち込もうとした。だが、美澄が釘を刺す。「コントロール重視でいきましょう、と。田中はガッカリする。だが、脛に傷を持つ田中に、美澄の指示に従わない権利は無い。田中は、仕方なく、コントロール重視のサーブに徹した。

サーブ練習は、デュースサイドに、サイド寄りとセンター寄りの二箇所、同じくアドサイドに、サイド寄りとセンター寄りの二箇所、計四箇所で行う。各々がボールを二個持って、すべての位置から満遍なく打てるようにローテーションしていく。スーパーマーケットで使用される買い物籠に満杯になったボールをスクール生が二個ずつ持ち出す。その籠が空になりかけ、最後の二個を田中が握った。ボールを打ち切ると、スクール生はネットに引っ掛かって自陣に返ってきたボールや、相手コートに散らばったボールを全員で拾い集める段取りだ。

田中の番になった。デュースサイドのセンター寄りだった。その時だった。美澄が目配せをした。ウインクに似たそれだった。最後だけ思いっきり打っていいですよ、のサインだった。田中は戸惑いながらもその合図に答える。一球目はホームラン。二球目、つまり最後の一球を打つ。元々スピンでセカンドサーブを打つ技術などないので二球目も全力で打つ。試合に例えればダブルファーストだ。スイートスポットにジャストミートした、厚い当たりのフラットサーブだ。

物凄い速さだった。田中によって命を吹き込まれたそのボールは、空気を切り裂く。だがネットだった。打球はセンターラインの丁度真上の白帯部分を直撃した。そのコートだけではなく隣、いや、そのまた隣のコートにも響き渡る「パーン‼」という乾いた大きな音だった。

このビッグサーブを他の生徒達はよく見ていない。田中がモーションに入った時には、既にボール拾いに気持ちが動いていたのだった。素人が故に、却って事の重大さに気が付いていないのだ。素人といえば、打った田中本人も、その、事の事態を理解していない。田中は美澄を見た。田中ははにかみ（ダメでした～）とでもいった能天気な表情を浮かべていた。だが次の瞬間、美澄の表情を見て驚く。美澄が余りにも驚いた表情をしているのを見て、またそれに驚いたのであった。

事の事態の重要性をたった一人の素人でない美澄だけが真に理解していた。美澄はその光景を見た。その音を聞いた。すべてを体感したのは美澄ただ一人だ。他のスクール生も体感しているのだが、ピカソの画を素人が見て何も分からないのと同じだ。彼女達には田中のサーブが見えてはいるが視えてはいなかった。

同じ様に聞いてはいるが聴いてはいない。美澄が、美澄だけがその凄さを理解していた。美澄の瞳孔はカッと、口はポカ～ンと開いたままだった。先日のスクール生をケガさせる寸前のショットと、このサーブの二球で美澄は悟る。もはや田中は自分には手の負えない存在である事を。

そしてこのサーブを目にはしていないものの、しっかりと耳にしていた素人でないもう一人の人間がいた。偶然だった。

中井だった。

佐藤と近藤

正月明けの最初の土曜日。佐藤から近藤への久しぶりの電話。中井のベアーズテニスクラブ初日。その日の深夜だった。

「どうよ?」

「どうよって、何が？」

「いや、第一印象とかさ？　やっていけそうか？とか」

「酷いね。最悪！」

「最悪？」

「ああ、最悪！　うちもいろんな人が入会してきたけど、中でも最悪。歴代ナンバーワンの酷さだ」

「そんな酷い？」

「ああ、酷い。何てったって、言葉遣いがなってない。お前、どういう教育してんだよ！」

「……」

「うちのフロントなんて、ビビッちゃってなあ、何が気に食わないのか知らないけど、全員に眼《ガン》を飛ばしていくんだぜ！」

「最初っから、トラブルか？」

「ああ、夏木が最初に気付いたんだけど、過剰反応しちゃって」

「その悪態に？」

「いや、そうじゃなくて登場そのものに、存在そのものに」

「え、それじゃ、なに、事前に言ってなかったの？」

「言ってない。だって年末に言っちゃったら、年末年始ずう〜っと気になっちゃって、悶々としちゃうだろうよ」

「それもそうだな。それにしても夏木君、ビックリしただろうな」

「ああ、驚いてた。うちじゃ、冷静沈着の夏木ヘッドで通ってるからな。本人もそうだけど、周りが夏木が驚いてるのに驚いてたよ」

「そうか、で、中井はどんな反応だった?」

「いや、それが全く無反応なんだよ、完全に忘れてるみたいだな」

「それはそれは。夏木君もコケにされたもんだな」

「しょうがないよ、十九年も前の事だ。加害者と被害者みたいなもので、殴った方はコロッと忘れちゃうけど、殴られた方は何年も何年も覚えてる」

「おいおい、うちの中井は別に加害者でもなければ、犯罪者でもないぞ」

「あはは! そりゃ、確かにそうだ」

「で、その後、夏木君大丈夫だったかい?」

「大丈夫。彼は紳士だからな。その後は別に騒ぎ立てたりしなかった。うちのスタッフもそのあたりは察して、何も詮索しなかった」

「そうか、それは良かった。あとで夏木君によろしく言っておいてくれよ」

「分かった」

「他には何も無いね」

「いや、ある!」

「え、あるの?」

近藤は、スタッフから伝え聞いた「信号トリオ事件」の顛末を、事細かに佐藤に説明した。佐藤は、恐縮しきりで、電話口から親友近藤に頭を下げた。

「いやあ、ご迷惑をお掛けしちゃって、申し訳ない」

「いや、一概に、中井君が全面的に悪いって訳でもないし、仕方無いよ。でも、まあ初日からやらかしてくれちゃったな。あはは！」

「本当に申し訳ない。まだこれからもいろいろあると思うけど、何とか頼むよ」

「分かった。何かあったらこちらからも連絡するよ」

佐藤は電話を切ってすぐ、フウ～っと、溜息をついた。その後ベージュ色の寝室の壁と、不毛のにらめっこを三十分程して、やっとベッドに潜り込んだ。当然、寝付きは悪く、横になっても頭の中は中井で一杯だ。（あいつ、こっちの予想以上だな）そんな言葉が頭の中をグルグル駆け巡っていた。


二月中旬。居酒屋。

焼き鳥を肴に、近藤は日本酒を口にしていた。近藤はかなりの酒豪だ。少し遅れて佐藤が到着。取り敢えずビールを注文。既にほろ酔いの近藤に、佐藤は急ピッチで、追いつこうとする。

「ゴメン、ゴメン遅くなっちゃって、打ち合わせが長引いちゃって。何かあったら、連絡するって言ってたけど、随分早いじゃないの！　また、何かやらかした？」

「うん、やらかした」

「今度は何？」

近藤は「山田親子事件」の事、それから今現在の中井の状況について、前回の電話の時と同様に、細かく説明、報告をした。

「う〜ん、それじゃ、少なくともそのジュニアの山田君と信号トリオの三人。計四人を辞めさせちゃった訳か。四人分の会費損失となると、えらい被害だな。本当にスマン！」

「いやいや、必ずしも悪い事ばかりでもないんだよ。ここだけの話だけど、密かに拍手喝采の他の会員さんもいるんだ。だから、そんなに気にする事じゃない」

「でも、基本的に嫌われているんだろ。どんな感じなの？」

「まあ、ハッキリ言ってうちのスタッフの八割は、中井辞めろ！だな」

「八割か、高いな。でも十割じゃないんだ」

「そっ、十割じゃない。中井君擁護派もいるんだ」

「へ〜え、そんな奇特な人もいるんだ、教えてもらえる範囲でいいんだけど誰？」

「夏木と春日！」

「春日？さん？」

「そう、春日っていって、夏木の片腕みたいなコーチがいるんだけど、こいつが今うちで一番の中井擁護派だ。擁護っていうよりも、今一番中井君の事をサポートしているのが彼だ。あんたの思う通り、彼が対戦相手をブッキングしている」

「そいつは助かるな。ありがたい。で、そっちの方《ほう》は？」

「うちの会員さん、ほとんど対戦したんじゃないかな？　中井君の連戦連勝だ」

「内容は？」

「勝負にならないよ！　中井君が真剣にやってるの、見た事無いもの。あ、でもうちのクラブでも何とか相手になりそうなのが、三人いるかな？　この三人はアマチュアとしては図抜けてる。春日がそのうちブッキングするだろう。この三人で打ち止めだ」

「う〜ん。その三人との対戦がどうなるかは分からないけど、その点については予定通りだな」

「肩慣らし？」

「うん、ベアーズさんには申し訳ないけど、中井が外に出ていく為の、準備運動だ！」

「それは聞いてたけど、思ったよりも速いペースだ。中井君、もっと腐ってるのかと思ってた」

「精神はね、つまり言葉遣いとか、物腰とかね」

「これは直さないと次のステップに行けないよ」

「分かってる。でも俺が一番心配していたのは、フィジカルの方なんだ。これが意外と腐ってないんだなあ」

「ああ、それは俺も感じてた。ブランクがあるから、もっとブヨブヨの体しているのかと思ってたけど、意外と締まってた」

「あれだけの惨めな負け方をしたんだ。悔しくないはずがない」

「うん、だから俺もすぐ、復帰してくると思ってた。でも、その後すっかり潜伏してしまったな」

「中井のスランプの原因は、フィジカルじゃない。メンタルだ。そもそもあいつ、どこも悪いとこないんだよ」

「メンタル？　具体的には？」

「イップスだ！」

「イップス？」

「そう、イップス。中井の場合、極端にサーブにそれが出たんだ。そりゃ、駄目だろう。最初の一球目が打てないんだから、勝負以前の問題だ。テニスの場合、サーブの調子がそのゲームの七、八割方を左右する。サーブの調子が良けりゃ、ストロークもボレーも全部よくなるし、サーブの調子が悪けりゃ、全部その逆だ。あ、ゴメン酔っぱらっちゃって。そんな事お前にしてみりゃ、百も承知だよな」

「………」近藤は黙って聞いているが終始笑顔だ。佐藤が続ける。

「で、中井の場合、何て言うのかなあ、精神的イップスになっちゃったって感じかなァ。テニスだけじゃなく、いや、そもそもテニスが生活のベースだった奴だからな、テニスがダメになって、テニス以外の事も全部ダメになっちゃった。中井が不貞腐れるのも分からないでもない」佐藤は、この間にビールを注文。ジョッキを二杯空けていた。佐藤が飲み干したのを確認した近藤が、

「例の『正々堂々』か？」

「そう、それそれ。そのワード、相当引っ掛かっているみたいよ」

「お前んとこに、キャプソンに入ってどうだったの？」

「テニスは陰でやってたみたいだよ。草テニス大会とか、名前を伏せて。体はなんだかんだ動かしてたみたいだ。俺は知ってた。あの野郎、テニスはもういいですなんてポーズを取りやがって。俺に勧められて本当は嬉しい癖に、ひねくれた態度取りやがって」

「………」

「燻っていたんだよ。実は炎は消えてない」

「………」

「本当はテニスをやりたくてしょうがないんだけど、目を背けてた」

「目を背けてた？」

「テニスそのものはやりたいんだけど、その舞台が無い。そんなもん、目の前にあるのに、あいつはその舞台になかなか自分で上がろうとしなかった。怖いんだろうな、また負けるのが。あいつは負けた時の保険を掛けてる。本気でやってなかった、とね。全力でやって負けたあの日のトラウマから、未だ抜け出せていない」

「負け癖がついちゃったな」

「そう、その通りで、お前には悪いけど、ここで勝ち癖をつけさせてもらおうとおもってさ」

「ま、いきなりトーナメント出場って訳にもいかないからな。分かるよ」

「四十歳。本来ならとっくに現役引退している歳だ」

「その通り！　それでもやらせる意味は？」

「燻ってる状態をどう終わらすか。俺はこのまま終わらせたくない。もう一度燃やせるとしたら、ラストチャンスだ」

「話の腰を折るようで悪いけど、四十歳、いや、もうほとんど四十一だ。この歳で現役復帰したところで、結果は目に見えてる。無理して怪我して終わるのが関の山だぞ」

「うん、それでもいい。ただ俺はあいつをもう一度大きな、そんなそこら辺の草トーナメントじゃない『公の』舞台に立たせてやりたいんだよ」

「それにしても、中井君、時間が無いぞ」

「分かってる、せいぜい二～三年だ。あと三年で、俺も定年。キャプソンの力を使って、何かできるのも、俺にとってもラストチャンスだ」

「その為に、今まで根回しした」

「ああ、何だかんだで五年程掛かっちゃったよ。この取山という土地、お前さんのクラブ、夏木君、それと……」

「あっちの事か？」

「そう、それはまあ、置いといて。中井の奴、俺にしてみりゃ、大人しくプレーのみに徹してくれればいいのに、本当にごめんよ」

「分かった分かった。まあ、トラブルの件は置いといて、それ以外は計画通りって訳か」

「そう、純粋なテニスのみに関しては俺の方でなんとかするよ。できればお前んとこで、もう少し続けてもらいたいんだがな」

「中井君の相手次第だな。クラブ内で強力なライバルでも見つかれば良かったんだけど。その点についてはうちの人材不足だ。申し訳ない」

「いやいや、仮にもＡＴＰツアーに匹敵する大会で、準優勝にもなった男だ。そうそう同レベルの奴なんていないさ。俺は中井がテニスをプレーする場所を供給してくれただけでもお前に感謝しているよ。ありがとう」

「いや、そう言ってくれると助かるよ」

佐藤はビールから日本酒に乗り換え、近藤のペースになんとか合流していた。しばらくテニスに関係が無い話が続いたが、佐藤は白々しく、さも今思い出したかの様な口調でこう切り出した。

「で、もうひとつの大問題だけど」佐藤はかなり酔いが回っていた。この話はシラフではなかなか切り出せない。

「う～ん、これは伊藤が言い出しっぺだろう」

「そうそう、これは伊藤じゃなきゃ、絶対に知りえない事だもんな。結局伊藤発進でキャプソン入りが決まった」

「ビックリしたろう、お前」

「そりゃあ、びっくりしたよ。ある意味、中井敗戦よりショックだ。伊藤から話を持ち掛けられた時、どうしようかと思ったよ」

「でも、結果、伊藤の判断が正解だった」

「そう、中井がキャプソンに入ってなきゃ、今頃どうなっていたことか！」

「全く。一部上場の超優良企業のキャプソンの最高の環境ですら、あの腐り具合だもんなあ。ほんと身分保障があって良かったよ」

「お前も口が悪いな。ま、そういう事。ですからその問題！」と、佐藤が念を押す。

「う～ん、どうしよう」近藤も既にかなり酔いが回っていた。

「貴美子さんが先かなあ？」

「そりゃそうだ、いきなり美澄コーチって訳にはいかない」

「優花ちゃんは、どう思っているの？」

「どうもこうも、ほとんど接触が無いからな。ただ彼女も他のスタッフ同様、よく思ってない事は確かだ」

「中井の奴、こっちの件もややこしくしやがって！」佐藤は怒りを隠せない。

「………」「………」二人は無言で酒を酌み交すも、なかなか名案が浮かんでこない。

「貴美子さんと優花ちゃんは、同居してるの？」佐藤が切り出す。

「うん、貴美子さんも仕事を持ってるから、二人が一緒の時間は夜遅くしかないけど、仲よくやっているみたいだ」近藤が答える。

「それは不幸中の幸いだ。貴美子さん、今までよくやってくれた。よしっ、押し掛けちゃおう！」

「押し掛ける？　お前が？」

「違うよ。中井と貴美子さん、無理やり会わせちゃおう！　俺の方からは中井に言っとくから、お前からは貴美子さんに伝えておいてくれ！　どうせなら優花ちゃんも一緒の時がいい」

「中井君と貴美子さんはまだいいかもしれないけど、優花ちゃん、さっきっから優花ちゃんって言ってるけど、俺の立場からいうと『美澄コーチ』な。その美澄コーチがショックを受けるんじゃないか？」

「どっちにしたって避けて通れない問題なんだからいっぺんに済ましちゃった方がいい。その時は物凄いショックを受けるだろうけど、隠せない事実を小出しにして、グダグダになっちゃうよりはね。それと、この件は中井の人生そのものの問題で、テニスとは関係無い。美澄コーチだか何だか知らないが、それは偶然だ。優花ちゃんはどこまでいっても、優花ちゃんだし、貴美子さんはどこまでいっても貴美子さんだ。中井がテニスをしていようがいまいが、いずれは家族全員で向き合わなきゃならないんだよ」酔いの勢いで佐藤は持論を吐き出す。そしてこの時初めて『家族』という言葉を口にした。

「分かった分かった。お前の言う通りにしよう。俺の方から貴美子さんに打診しておくよ」とは言ったものの、近藤の本心は自信がなかった。

「頼むぞ！」とは言ったものの、佐藤の本心はそれほど期待などしていなかった。

テニスに関しての中井再生計画は、多少の困難があろうとも二人（佐藤と近藤）で何とか、やり繰りしていく覚悟であったし、そうはいってもテニスのみの問題であれば、二人で何とかできるという自信もあった。ただ、中井の私生活の処理については、二人とも自信が無かった。中井は私生活においても大問題を抱えたままであり、この件についてはテニス問題よりも、もっと手付かずの状態だった。本件は、中井、美澄母娘、佐藤、伊藤、近藤の計六名が複雑に絡んだ問題だった。問題解決に向けて、佐藤が主導して行うのか、伊藤が主導して行うのか、近藤が主導して行うのか、全く決めていなかった。今日は佐藤と近藤の二者会談だが、伊藤が登場していない。このあやふやな状態は、しばらくあやふやな状態のまま放置された。そして、後日、このあやふやな状態が災いし、六者の再会は、結果ボロボロでグダグダになってしまうのである。

中井⑥

月曜の夜になった。

「ん、じゃあ一回りしてくるわ」中井は無感情を装っているが、若干寂しげだった。少なくとも春日にはそう映った。

「そうですか。お帰りお待ちしています」春日は中井に同行せず、フロントに留まり、中井の戻りを待った。夏木も秋山もレッスンに出ていて、今この場にはいない。退会届の受理は、自分がやると決めていた。中井がテニスウェアに着替えないのを確認した春日以外の他のスタッフが、ニコニコしている。真反対の感情だが（今日で終わりだ）の予想そのものは一致していた。

中井はレベルの高い順に、各コートを見て廻った。先ず会員専用のフリーコート数面、ジュニアの育成コート、スクール生では一番レベルの高いトーナメントコート、上級、中級。予想通り、中井の目に留まる威勢のいいプレーヤーはいなかった。

（やっぱりダメか）そう諦めかけていた。今日のコートローテーションは、スクール生の上級、中級、初級の三面がインドアだ。上級を見終え、そのコートを通り越し、中級へ。やはり目ぼしいプレーヤーはいない。漠然と各コートを眺めているうちに、レッスン終了時刻が迫ってきた。（そういえば、春日が何か言ってたな。一応初級クラスも見ておくか）その通りだった。中井としてはあくまでも一応、一応のつもりだった。中級クラスに見切りを付けて、中級のコートから初級のコートに移動するほんの僅かの時間、中井はコートから目線を切った。その時だった。

凄い音が聞こえた。

『パ、パーン!!』

インドアコート中に響き渡った。中井は反射的にその音の発信源を見た。一瞬時が止まった感覚だった。かなりの数のプレーヤーが、その音を耳にしているはずだが、その音の真意を理解していない。何事も無かったかの様に、レッスンは続き、普通の時間が流れていく。だが、たった二人だけ、時間が動いていない人間がいた。美澄と中井だった。

（何だ、今の音は！）発信源は、間違いなく初級クラスからだ。中井は慌てて初級クラスのコートに足を運ぶ。

（誰だ？）次の課題は犯人捜しだ。（誰だ？　誰が打ったんだ？）容疑者は初級クラスの中に絶対いる。ただこの犯行を遂行できる人間は限られている。特殊な、それも相当ハイレベルな力量が必要だ。（二〇〇km／h、まさか!?）中井は信じたくなかった。表面的にはそれを否定するが、さっきの音が脳内でリフレインする。（いや、やっぱりそのタイミングだ）何度否定しても否定しきれない。

そのタイミングとは、こうだ。

「パ、パーン」の最初の「パ」は、サーバーがトスを上げて、トスしたボールにラケットが当たったその瞬間の音だ。まずこの音が大きい、この音が高い、この音が凄い。次の「パーン」は、ボールがネットに当たった音だ。「パーン」が何かに弾かれた、乾いた、高い音だから、ネットでもネットの上部、すなわち白帯に当たった音だ。この音が大きい、この音の響きが凄い。そして問題のタイミング。「パ」と「パーン」の間の時間が短すぎる。引き金を引いた。次の瞬間には相手は息絶えている。そんな感じだ。

中井は初級クラスコートの真後ろに到着する。だがタイミングが悪かった。コート上でプレーをしている人間は一人もいなかった。中井が到着した時には、生徒は全員でボール拾いをしていた。

その状況でも中井は必死に犯人捜しを続行する。（誰だ？　誰なんだ？）ボール拾いはしゃがむ姿勢が多いので、普段の身長が分からず、目立った人を見つけにくい。その時、昨日の春日の言葉が頭を過った。（女子ばっかりのクラスで場違いの人が一人、います）

（初心者？　場違い？　男？）

ボールがすべて集められた。当たり前だが全員スッと普通に立つ。頭一つ、いや、二つ飛び抜けた大男がそこにいた。

（こいつだ！）中井は確信した。こいつに違いないと。

（俺と同じぐらい。いや、俺よりデカいかも？）中井は初対面のその男に圧倒された。その男は春日の言う通り、まさしくそこには場違いの存在だった。長身、しかもその体格はただひょろ長いのではなく、まるで格闘家の様にがっしりしていた。

（こいつだ、こいつに間違いない！）中井はますます確信する。だが同時にどうしても理解できない疑念が湧く。（なんで、なんでこいつが初級クラスにいるんだ?!）

中井は訳が分からなくなってきた。そうこうしているうちに、レッスン終了時刻が近づく。

美澄がボーッとしていた。本来生徒と一緒にボール拾いをするはずが、その時はエンドラインの後方で立ち尽くすだけだった。生徒は特に指示を出さずとも、サーブ練習用のボールが無くなれば、自動的にボール拾いをするだけだ。籠に集め、元の位置に戻す。戻ったところで、次のメニューの指示を待つ。いつもの段取りだ。

「美澄コーチ」

「………」

「美澄コーチ！」

「………」

「美澄コーチ‼」
（ハッ）三回呼ばれて、やっと我に返った。生徒が訝しげに美澄の顔を覗き込む。
「美澄コーチ、どうしました？」

「あっ、ああ、ごめんなさい。何でもないです」

「次は何です？」生徒の一人が次のメニューを促す。

「そ、そうですね、あと十五分しかないですけど、丁度サーブ練習をしたところですし、ゲーム形式でやってみましょう」ここのところ、レッスン終了直前のメニューはゲーム形式だった。田中のサーブを見たあとで、美澄の不安はあったが、生徒が楽しみにしている事や、もはや既定路線になっているこの流れを止める訳にはいかない理由から、美澄はゲーム形式のレッスンを決断した。ダブルス。

四人一組。二組目に田中が登場してきた。美澄の心の中は、田中に（どうか本気で打ち込みませんように）の一点だった。

コート後方で全く逆の希望をしている男がいた。中井だった。（打ってみろ！　田中、打ってみろ！〈その時点では、中井は田中の「た」の字も知らなかったが〉）と。

果たして結果は中井の拍子抜けだった。田中は本気で打たない。打てないといった方が正しい表現かもしれない。空気を読めない程、田中は馬鹿ではなかった。中井は至極残念だったが、ホッとしたのは美澄だ。

中井は、田中の打つショットに不自然さを感じていた。ただ遅いだけではない。いってみれば二〇〇km／hのスピードが出せるスポーツカーで、ブレーキペダルとアクセルペダルを両方目一杯踏み込んでいる様な不気味さだ。（リミッターが解除されたらどうなるんだ？）中井は、そんな事ばかりを想像していた。

ゲームが一段落すると、レッスンは終了時刻となり、その後、田中がボールを打つ機会は無かった。中井は消化不良だった。このままクラブを脱会し、二度と再び田中が全力で打つシーンを見ずして日常に戻るなど、考えられない事だった。中井は全く迷う事無く、もう一度田中を見る決心をしていた。しかし冷静に考えればこれは不思議な事だった。仮にも、ＡＴＰツアーに匹敵する大会で準優勝した人間が、高々一スクール生、しかも面識もない初心者にムキになるなど。

だが後々になって振り返って見れば、結果的に、中井も、見えない大きな運命の力に支配されていたのだった。

中井がクラブハウスに戻る。すかさず春日が対応した。

「お帰りなさい。どうでした？」

「あの、初級クラスの男なあ」中井はただいま戻りました、の素振りも見せず、春日の質問にも答えず、いきなり本題から入ってきた。

「え、ええ？」春日は意表を突かれる。

「この前あんたが、春日さんが言ってた場違いの奴」

「場違い？」

「そうだよ、場違い。男、男のスクール生」

「男？」と、春日は自分で口にして思い出した。（あ、美澄コーチが言ってた、あの人だ）

「そう、あのおおおと」中井はあの大男と言いかけて訂正した。

「あの背の高い男性スクール生、名前は何て言うの？」

「ああ、美澄のクラスの？」

「ミスミ!?　えっ！　ミスミって言うの？」

「いえ、ミスミというのはコーチの事です。女性コーチの」春日は少し不審に思った（文脈からいって、男の名前を答えていない事ぐらい分かりそうなものなのに。それに過剰にミスミって音に反応してたなあ）と。一拍置いて、改めて男の名を答える。

「男性のお名前は『田中さん』です。『田中健次さん』とおっしゃいます」

「田中、さん、ね。で、テニスの経験はあるの？」

「いえ、ありません。全くの初心者です」

「経験無い?! 全くの初心者!? 素人!?」

「ええ、そうですけど、それが何か？」春日は、中井がどうしてここまで異常な反応をするのか、どうにも腑に落ちなかった。

「あいつ、たな、あの人は週何回やってるの？」本来は田中さん、と呼ばなければならないが、中井はもうそんな事はどうでもいいと思った。できる事なら「あいつ」で統一したい。

「ちょっと待ってください。調べます」

「………」

「えー田中さん、田中さん。あ、週二回です。月曜と木曜。木曜も今日と同じ時間です」

「木曜日、オッケー！ 今週の木曜日、またあいつを見れるんだな！」

「あいつって、まあ、そうですけど」中井擁護派の春日も、まだ面識のない田中の事を、さすがにあいつ呼ばわりするのは、いかがなものかと思った。

「ヨシ決めた。春日さん、悪いけど取り敢えず止めるわ」

「そうですか、残念です」（全く、この人は分かってないなあ。取り敢えずって、言葉選びが全然違うじゃないか。最後の最後までこの人の言葉遣いはなっていないし、話の内容は支離滅裂だし）と、春日はガッカリした。

「辞めるのを止める！」

「え、えええぇ？？？」何言ってるんだ、この人は、と思った。

「木曜日、また来る。それで改めて決める！」

「は、はは、はい」辞める辞めないは、本人の自由だ。基本的に周りがとやかく言う事ではない。だがそれにしても、今日の中井のそれはあまりにも唐突だった。

「それじゃ、木曜日また！」中井はそう言い残して、サッサと帰路についてしまった。フロントに残された春日は呆気に取られた。春日と中井のやり取りの一部始終を聞いていたフロントスタッフも、また春日と同じ反応だった。口をポカ〜ンと開けて、立ち去った中井に「お疲れ様でした」の一言を掛ける事すら忘れていた。

中井⑦（自宅）

自宅に戻っても、中井は悶々としていた。分からない事、理解できない事、驚いた事、不思議な事が多すぎる。

先ず分からない事は、何故田中が初級クラスにいるのか、そもそも何故田中がテニスをやっているのかという事だった。（デカかった。一八四〜五㎝ぐらいはあったぞ。しかもガッシリしてた。同じ長身でも俺とは違うタイプだ。格闘技でもやってたんじゃないか？　と、すれば春日の言う通りだ。あの場には場違いすぎる）この、中井の推測は当たっていた。確かに田中は（今の段階では何の競技かは分からないが）格闘技の経験者だった。

次に理解できないのは、何故あの環境に甘んじているのかという事だった（俺があいつの立場だったら、やってられない。俺が見た限り、あいつはストレスが溜まっているはずだ。本気で打てないのなら、サッサと別の環境でやればいいのに、何がよくて初級クラスに留まっているんだ）。

そして何といっても驚いたのはあのサーブだ。中井は、あのタイミングは二〇〇km／h前後のスピードが出ていると、推察した。（二〇〇km／h？）中井の脳裏にこの数字が浮かぶ。何度も何度も否定した。（まさか？　初心者が！）だが何遍否定しても、あの「パ、パーン!!」が蘇る。中井の脳内で、否定と肯定が繰り返されたこの夜、決定的な肯定を裏付ける映像（重要なのは音）が流される。

ケーブルテレビのテニス専用チャンネルで、ATPツアーの映像が放映されていた。ビッグサーバーが、白帯にネットする。中井はこの光景を何百回と見て（聞いて）いる。あの「パ、パーン!!」と同じタイミングだ。スピードガンの速度表示を見る。一九六km／h、二〇二km／h、二〇四km／h、一九八km／h。全部二〇〇km／h近辺だ。中井は目を閉じ、今日の「パ、パーン!!」を再現させる。

（同じだ！）

同じだった。もう否定できない。田中は二〇〇km／hのサーブを打っていたのである。中井はこのスピードの持つ意味を、噛みしめていた。ツアーで勝ち進む為には、絶対的な武器が必要だ。フェデラーのスライス、ナダルのトップスピン、ジョコビッチの守備。どれも素晴らしい。だが、彼らの勝負強さの共通点はこれらではない。彼らはここ一番という大事な場面であればある程、決まってショートポイントでチャンスをモノにし、ピンチを、特に、ピンチを切り抜ける。つまり、長いラリーをせず、サーブ一本でポイントをもぎ取るという点だ。

どんなに多彩なショットを持っていようとも、どんなに素早いフットワークを持っていようとも、ビッグサーバーのサーブ一本でそれは簡単に粉砕される。また、自分自身がサーブという武器を持っていなければ、その戦いは極めて過酷なものになる（サーブ一本で楽にポイントを取れる場面がないと、試合は最初から最後まで気が抜けない。試合時間そのものが長くなった場合は勿論、大会期間が長くなった場合でも、その緊張感と、高いレベルの技術を継続させていく事は難しい。特にグランドスラムの様な長い試合期間ともなると、仮にトーナメント前半を勝ち抜けたとしても、トーナメント後半になった頃には肉体的にも、精神的にもガス欠の状態に陥ってしまうのが関の山だ）。

つまりトップに上り詰めるには、相手が例え世界ランキング一位であろうとも、絶対に返せないショット、ハッキリ言ってしまえば「ビッグサーブ」を持つ事が必要不可欠であるという訳だ。

田中はそれを持っていた。中井はその事に気が付いた。中井は中井自身の心理状態を、分析し始めていた。何故こうも田中が気になるのか？　何故こうも田中に拘《こだわ》るのかを。

（って事は、あいつは二〇〇km／hのサーブを打ってたって事か。俺は打てない、打った経験がない。俺の最速でも一九〇km／hに届いた事は無かった。俺はサービスエースをガンガン取れるタイプじゃない。カラスとの対戦時、もし、俺がビッグサーブを持っていたら。もし、サービスエースをもっと楽に取れていたら。結果は全然違ってた。もし、イップスになっていなかったら、その後も第一線で続けてた。もし、続けていたら今頃、いや、やっぱり無理か？　何故なら俺にはビッグサーブが無い。でももし、あいつが本気でテニスをやったら、場合によっちゃあ、フェデラーなり、ナダルなり、ジョコビッチからもサービスエースが取れちゃうって事か。クソッ！）

今の段階では、荒唐無稽の絵空事に過ぎないが、少なくとも中井の分析によると、田中は、今まで数多くの男子日本プレーヤーが挑戦して成し得なかった、グランドスラム制覇の「可能性」を持っているという事になる。

中井の心理の正体、それはつまりは嫉妬だった。

田中について引っ掛かるのはもう一つ。それは田中のサーブがどうだとか、プレースタイルがどうだとか、そういった枝葉ではなく、田中の根本、すなわち存在そのものの問題だった。（どっかで見た事がある？）中井は日常の過去を必死で振り返っていた。本当は答えは簡単なはずなのに、答えはとっくに出ていたはずなのに、中井は見逃していた。キャプソン業務中の中井が、如何に心ここにあらずであったかという証明に他ならなかった。

もう一つ気になったのは、春日の言った「美澄コーチ」だった。

（ミスミ？　ミスミって言ったか？　いや、確かにミスミって言った。ミスミって苗字はそんなに多くはいない。偶然？　いやいや、偶然だったら出来過ぎだ。こんな偶然あるものか？　春日の奴、今日の俺の発言のいちいちに不審がっていやがったな。いや、だけど俺も悪いか。思わずミスミ!?　って大声出しちゃったもんな。ミスミ、まさか？　なんだこれ、気味が悪いな。あいつの名前、田中、だったたか？　田中といいミスミといい、俺の周りで一体何が起きてるんだ？）

田中の事、美澄の事、中井の頭の中でこの二つがグルグル回る。思案は堂々巡りをし、深夜に及んだ。(ミスミの事、春日に聞いてみようか。いやいや、とにかく今はあいつだ、田中の件をクリアにしておこう、先ずは木曜日)中井は自分にそう言い聞かせてやっと床に就いた。

美澄と正面から向き合うのはしばらくあとになるが、田中と会う(実は二人はとっくに会っていたのだが)機会は間もなく、いや、翌朝目が覚めてすぐ訪れた。田中の事を知るのに、木曜日を待つ必要は無かった。

中井と田中①

「どこかで見た事がある」は、お互い様だった。「両想い」の二人は、偶然を必然に、日常を奇跡に変えた。火曜日の朝だった。

どういう風の吹き回しか、それは中井自身にも分からない。ただ考えるより先に体が動いた。この日も、中井自身のちっぽけなプライドなど完全に吹き飛ばす、何か大きな力が働いていた。中井は、無意識のうちにこの見えない何かに突き動かされていた。

下請け業者の納品を手伝ったのだ。確かに荷物は少なくはなかった。だが、一人でできない数でも重さでもなかった。それでも中井は手伝った。手伝ってください、と、頼まれもしないのに手伝った。時間に余裕が無い訳でもないのに手伝った。業者は感謝よりも気味が悪く不審がった。それでも中井は手伝った。何故か積極的に、手を差し伸べたのである。

田中は順番待ちをしていた。その業者は田中の一つ前だった。納品が終わった。業者は恐る恐る、初めて中井にお礼を言った。「ありがとうございました」と。普通は「どういたしまして」と返す。照れ隠しか、中井は無言で無反応だった。中井は何事も無かったかの様に、いつもの業務に戻ったつもりだった。単なる気まぐれを装いたかった。だが、今日の中井はいつもの中井と違っていた。「汗をかいた」のだ。キャプソンに入って、中井は、初めて見返りの無い行動をし、他人の為に汗をかいた。初めて無償の労働をし、金品の発生しない、形の無い感謝を受け取った。初めは不審がっていたが、最後に発した業者の「ありがとうございました」に、決して嘘はない。中井は（悪くない）と思った。この倉庫番という持ち場で、初めていい気分になった。額から汗が零れ落ち、（伊達）メガネのレンズを曇らせた。中井は（もう、このメガネは要らないな）と、ふと思った。その時、田中の順番になった。

中井がメガネを外す。

「あっ！」

「あっ、あ、あっ!!」

二人は言葉が出ない。息もできない。

「………」

「………」

どれだけ沈黙の時間が流れたろう。一瞬ともいえるし、永遠ともいえる時間だった。とにかく二人の間で時が止まった事だけは確かだ。

中井が先だったか？　田中が先だったか？　同時だったか？　相手の言葉を聞いてから自分が喋ったのか？　相手に被せて自分が喋ってしまったのか？　そんな事はどうでもいい事だった。ただ第一声は、田中が「あなたは!?」で、中井が「あんたは!?」で間違いない。こういう時は普通（似ているけれど、もしかしたら違うかも？）と、一応自分自身を疑うものだが、この時の二人に限っては、この疑いを持つという感情は微塵も無かった。一発でお互いを（こいつだ！）と確信した。

その後の二人の会話は、全く要領を得なかった。理由は、二人が二人とも異常な興奮状態だったのが一番だが、落ち着いて話ができない事情が双方にあったからだ。中井側は、納品の受け入れ業務がまだ途中で、さすがにそれをほっぽらかしで、田中と長話できない事、田中側は田中側で、納品を終えたらすぐ、野村製作所に戻らなければならない事、であった。二人はともかく「明後日、木曜日、ベアーズでまた会おう」という事になった。


木曜日。

ベアーズテニスクラブのスタッフ全員が息を呑んだ。初めて見た。（凄い2《ツー》ショットだ！）一八〇cmを越える大男二人が二人同時に入館してきた。その光景は、見る者を圧倒した。しかもこの二人は、各々が各々のオーラを放っていた。スタッフは、中井が嫌われ者である事は別として、ある種の圧倒的な存在感を持っている事については認めざるを得なかった。嫌な奴だが無視できない、そんな感じだ。だが田中についてはノーマークだった。二人並んだ時、田中は田中で、中井とは異質の光を放っていた。中井の「柔」に対して田中の「剛」。（田中さんって、あんなに大きな人だったっけ）スタッフの偽らざる心境だ。スタッフが田中を軽視していたのも無理はない。田中の常日頃の低姿勢と、初級クラスに所属している事がそうさせていたのだ。ただ、今日の2ショット《ツー》を見てスタッフは、強く予感する。根拠は無い。ただそれは確信でもあった。田中が遥か上のステージに上っていく事を。

田中のレッスン開始までにはまだ時間がある。中井はスタッフのいるクラブハウスではなく、アウトドアコートの外のベンチに腰掛けて話をする事を提案した。『一番端のコート』だ。田中が了解して、二人の会談が始まった。

この時、二人は改めて、思いの丈をぶつけ合った。合コンでいえば、告白タイムの様なものだ。二人は二人が『両想い』であった事を確認する。あとはこの恋をどう成就させるかだった。当然といえば当然だが、話は中井がリードした。

中井はとにかく、テニスそのものの話がしたかった。だが意に反して、田中がなかなか本題に進まない。田中の近々の悩みは、自身が置かれている立場だった。

「ですから睡眠時間が取れないんですよ。テニスは続けたいけれど、仕事を蔑ろにする訳にはいかない」

「………」中井。

「説明した通り、うちの専務の目が光っています。何て言うか、俺にも意地があるので、十時までには工場に戻らないと」田中は田中なりに今現在の状況を中井に伝えた。田中と中井は同い年だ。それは話の中でお互いに確認した。だが立場上田中は、やり過ぎにならない程度の敬語で話すのが、礼儀と感じていた。中井も普通に敬語で話せば良いものなのだが、相変わらずそれはできなかった。例によって中井はタメ口で、しかもいつもの様に相手の話の内容をほとんど聞かず、マイペースの語り口に終始した。

「要するに今のクラスは退屈って事だろう？」

「退屈って、いや、そんな事は無いですけど」

「いやいや、見てたら分かる。隠すこと無いよ。あんな、女子供と一緒の練習じゃ、ストレスが溜まってしょうがないだろ？」

「……………」酷い表現をするなあ、とは思ったが、反論ができない。

「それとも何かい？　あの女コーチの事が好きなの？」中井は、気になっていたコーチの苗字「美澄」が脳裏に浮かんだが、あえてここではそれを使わず、尊大とも取れる「女コーチ」という表現にした。

「……」田中は言葉が出ない。顔が少し赤らむ。恥ずかしい気持ちがメインだが、美澄コーチを女コーチと言われたのには少し腹が立った。中井はそれをさらに逆撫でする。品の無い言い方だった。

「あはは、反論ができない、って事は当たってるって事だな。最初はあの可愛いネエちゃんに教えてもらって嬉しかったんだろうけど、だんだんテニスそのものに興味が湧いてきて、それじゃ満足できなくなってきた。本音はもっと高いレベルでやりたい」

「それは！」田中はムッとしたが図星だった。中井は田中に構わず続ける。

「分かるよ。あんたが本気で打てば周りが怪我をする。それは相手が中級だろうと上級だろうと同じだ。テニスは続けたい。でもやり場が無い」

「……」

「このまま中途半端に続けて、下手に体壊して仕事辞めますって事になったら、その野村専務？　専務だか工場長だか知らないけど、そいつの思う壺って訳だ」

「……」簡単な選択だった。普通の常識ある社会人であれば、テニスを辞めればいいだけの話だ。田中が大真面目に悩んでいる事自体が、傍から見たら滑稽だった。中井が別の角度から話を振ってきた。

「今のクールで、あと何回レッスンが残ってるの？」

「あと、二回です」

「辞めちゃえよ」

「え？」

「まあ、さすがにあと二回はレッスン料がもったいないから、嫌々でも一応参加して、そのあとは辞めちゃえよ」

「テニスを辞める気は無いです」田中は自分でビックリした。職業でも何でもないのに、高々、二〜三か月程しかやっていないのに、しかも初心者なのに、テニスと生涯を共にする人間がコメントする様な勢いで、こう言って退けた。自分でも何故そこまでテニスに拘るのかが分からない。

中井はそのキッパリと表明した田中の言葉のトーンに、苦笑いをしながらこう返した。

「いやいや俺はテニスそのものを辞めろって言ってるんじゃなくて、スクールを辞めちゃえって事！」

「？？？」

中井の話は説明が無く、いきなり結論から話すので分かりにくい。春日の時もそうだったが、田中としては（じゃあ、どうしたらいいんだ）という心境だった。

「スクールを辞めたらテニスができません」田中はまるで、中学生の様な言い方だ。中井は子供を諭す様に、励ます様な、半笑いの様な、それでいて真剣の様な、内容はピンとこないが、言葉そのものはハッキリとこう言った。

「俺と一緒にやろうよ！」

「え？」

「だから俺と一緒にやろうって！　あんたの打球に対応できるのは、俺しかいないから」

「ええ？」（何を言ってるんだこの人は）そう思った。気を取り直し、

「一緒にやるって、どういうことですか？」と、尋ねる。

「スクール辞めて、会員になっちゃえよ、そうすれば毎日でもできる」

「ええ!?」田中はますます分からない。会話が成立しない。中井がまた、別の角度から切り込んだ。

「会社の事、心配してるの？」

「………」

「その、例の、早朝の納品か？」

「はい」田中は、取調室の優しい刑事に完落ちした容疑者の様に、か細い声で答えた。

「その問題が最大のネックで、それがクリアできれば問題ない訳だろ」

「はい、まあ、そうですけど、そんな簡単な事じゃないでしょう」

「簡単だよ！」

「えっ⁉」

「闇納品しちゃおう。『闇営業』ならぬ『闇納品』だ！」

田中はこの時、正直厄介な人に捕まってしまったな、と感じていた。テニスの腕前は素晴らしいが、人間としてはどうかと。話が唐突過ぎる。その当時世間を賑わせていた、闇営業に引っ掛けて、何か考えているのだろうけれど、それにしても、堂々と「闇」というワードを口に出すのは余りにも不謹慎だ。

「どういう事ですか？」田中はもうこれ以上関わりたくないと思ったが、一応最後の礼儀のつもりで聞いてみた。ところが、中井は奇想天外の大逆転プランを持っていた。中井の演説が始まった。

「ビックリした？　俺の事、頭がおかしい奴だと思ってんだろ。そりゃあ、無理はないわな。まあ、聞いてよ。俺がキャプソンの倉庫番だからできる事だ。あんた、何時頃から待機してるの？　五時？　六時？　まあ、どっちにしても大変だわな。なんで大変かって、当日に納品するから大変なんだよ、当日にね。馬鹿正直に、当日に納品しようとするから大変なの！」田中は呆気に取られている。中井は続ける。

「あんた、前日は定時にあがれるんでしょ？　うちまで何分？　ん？　上手くいけば二十分？　上出来だ。まあ、うちに着くのが五時半として、大丈夫だよ、裏門は開いてるし、それぐらい待っててやるから。納品？　手伝うよ。サッサと済ましちゃおう。検品？　しないよ。降ろすだけ。日付？　そんなもん、翌日の日付でハンコ押しちゃうよ、って言うか、もともとその日付で納品するつもりだったんだから。あんたのところの品物、全部管理検査品（管理検査品というのは、既にキャプソンの承認を得ている製品で、受け入れの際、あえてキャプソン側は検査しない製品、つまり、下請け業者を信頼していますよ、という意味である）だろ。それで問題ない」

「あ、あ！」田中。中井はさらに続ける。

「納品が終わったら、一緒にベアーズに行こう！　すぐ行けば、六時過ぎには始められる。何だったらその前に飯食ってもいいいし、練習後でもいいし、どっちにしても明日の朝の事を考えずに、ベアーズの閉館時間まで心置きなくプレーできる。翌朝は多少寝坊したって、十時なら楽勝だろ。あんたはしれーっと、何事も無かった様な顔して、出勤すればいいんだよ。まあ、芝居したっていいんだぜ。専務にイジメられてるけど、めげずにぼく頑張ってまーす、みたいなね」

「……」田中は息を呑んだ。

「何だよ、ダメかい？」

「いえ、す、す、素晴らしいです」

「そうだろう。我ながら名案だと思っているんだ。誰も損する人がいない」

「でも、本当に？」

「大丈夫、俺も今まで杓子定規にやり過ぎてた。これからは多少柔軟にやらないと」

だが、実際は「多少」ではなかった。中井の振り子の幅は大きすぎた。中井の提案はなるほど、中井と田中の間ではウィンウィンではあるが、これはキャプソン社内では業務違反であった。中井は今までの考えを曲げてでも、リスクを取ってでも、田中を手放したくなかった。それぐらい田中に魅力を感じていた。ただ、中井が取るリスクはこれに留まらなかった。

「提案については、ありがたいと思います。俺としても大賛成です。でも」

「でも、何？」

「大問題が一つ残ってます」

「大問題？」

「いや、あの、その…」

「なんだよ、言ってよ！」

「いや、でもこれは俺の問題で、中井さんには関係ない事だから」田中はこの時点で既に、中井の事を『中井さん』と呼んでいた。

「関係ない事ないよ、ここまで話したんなら、言ってよ！」

「う〜ん、う〜ん」

「………」中井にしては珍しく、これ以上は自分から発せず、田中の告白を待った。

「それじゃ、恥を忍んで言います」

「うん」

「お金の問題です」

「お金？」

「そう、お金です。仮に俺が会員になる、となると、ベアーズの規定の会費が払えません」確かにこれは、田中の言う通りだった。いつ来ても自由に（空いていれば）コートを使用できる権利を会員は有しているが、勿論それなりの会費を納めている事は見逃せない事実であった。ましてや中井の様に平日休日無関係のオールフリー会員ともなると、それなりの（田中にとっては）莫大な費用が掛かるのは目に見えていた。そもそもテニス倶楽部の正式会員になる事自体、ある程度お金に余裕のある身分の人間でなくてはできない芸当だ。せいぜいアルバイトに毛が生えた程度の収入の田中にとって、テニス倶楽部の正式会員になる事（ベアーズテニスクラブは、地元では格式高い倶楽部で名が通っている）など、夢のまた夢であった。中井がすんなりと会員になれたのは、佐藤の推薦があった事は勿論だが、中井がキャプソンという一流企業に勤めている事、そして何よりも、中井自身にお金の心配をする必要が無いからであった。

「そうか」

さすがの中井も、これについては少し困った。

「スミマセン」

「いや、謝る事じゃないよ」中井が普通の人間の、普通の反応になっていた。

「面目ない！」田中がさらに委縮する姿を見て、中井は即、決断した。

「俺が払うよ」

「え!?」

「俺が立て替える！」

「え、え!!」

「出世払いな。でも、もう出世は絶望的か！　アハハハ」ここでも中井は自分でも分からない、不思議な感情を実感していた。どうしてこうもこんな初対面（と同じ程度）の奴に俺は入れ込んでいるのだろう、どうして理屈では絶対損をしている、有り得ない行為をしているのだろう、そして何よりも、その有り得ない行為をしている自分を嫌いになれないのだろう、いや、むしろ、この馬鹿な行動を取る自分自身を誇らしい、清々しい、とさえ思っているのだろう、と。

もし仮に、出費を決意した中井の態度に、躊躇する気配を微塵でも感じ取ったなら、田中はこの厚意を受けなかっただろう。だが、今目の前の中井にそれは全く無かった。田中は身を委ね、全面的に中井に甘える事にした。

中井のタメ口も、ある種の傲慢さも気にならなかった。むしろ、却ってそれが、田中にとってユーモラスに映り、頼もしくさえ感じていた。初めて会った時の印象「嫌な奴」の中井はそこに無かった。それは、春日の感情の流れと全く同じだった。田中にとっても中井は「言う程、悪い奴じゃない」存在になったのだ。

大きな大きな二つの歯車が噛み合い、ゆっくりではあるが、確実に動き始めていた。

田中は、このあとレッスンがあるので更衣室へ。中井は、今日の田中との話し合いの中で、田中は全力で打たない旨を確認し合ったので、今日のレッスンは見る必要無しと判断し、帰路についた。

帰る前にフロントへ。その時、夏木と春日はレッスンだったので、フロントにはいない。いたのは事務スタッフ数名と、秋山だった。今日中井が退会するのであれば、秋山が退会手続きをする予定だった。秋山はやる気マンマンだった。一度フロントを通り過ぎた中井が振り返り、涼しい顔で、皮肉たっぷりに、こう言い放った。

「辞めないよ」

言葉を発する事ができない秋山は、腸《はらわた》が煮えくり返っていた。その後ろ姿を眺めながら、プルプルと、怒りに体を震わせていた。

中井と田中②（闇納品初日）

「鍵、あります？」

「あるよ。俺の机、引き出しの二段目」

「借ります！」田中はこの言葉を発すると同時に、大急ぎで荷下ろしを始めた。

鍵、とはフォークリフトの鍵の事だ。野村製作所がキャプソンに納品する部品は、四トン車に満載だ。これだけの重量、とても手降ろしでは不可能だ。倉庫にはフォークが数台常備してある。ドライバーは、その中の一台を使って指定場所に納品するのが日常だった。倉庫番の中井は、その鍵を管理している。納品業者はフォークを動かせない事には仕事にならない。つまりフォークの鍵の有無は、業者にとって死活問題なのだ。中井は簡単に鍵を渡さないし、その場所を進んで教える事など、通常ではもっての外だった。

だがその鍵の居場所を、中井は田中にあっさり教えた。早速エンジンを掛ける。パレットにフォークの爪を引っ掛ける。製品を持ち上げる。指定納品場所へ降ろす。四トントラックに戻ってまたその繰り返し。田中が操るフォークリフトは、工場倉庫内を縦横無尽に駆け回っていた。そんな作業をし続けながら、田中が中井に確認する。

「本当に大丈夫ですか？」

「大丈夫だよ、バレやしないって」

「でも他に誰もいないじゃないですか。不自然ですよ」

「だからサッサと終わらせなきゃいけないんだよ。俺も手伝うから急いでよ」

闇納品初日。早速不穏な雰囲気だ。キャプソンの様な大会社は時間に厳しい。定時を過ぎると、まるで潮が引いたように人影が無くなる。この時間帯での「野村製作所」のネームがペイントされた四トン車の存在は、確かにあまりにも不自然だった。だが田中にとって救いだったのは、倉庫が工場の裏側にあった事だ。正門から侵入していれば、たちまち警備員に制止されていただろう。状況は、確かに中井の言う通り、今のところバレてはいない。しかしそれでも長時間の滞在は避けたい。この点は中井と田中、一致した思いだった。

今回の納品は、田中はフォークリフト作業、つまり大荷物担当。中井は手作業、つまり小荷物担当だ。小荷物は小荷物で、人力で製品の荷下ろしを行うからそれなりに重労働だ。

中井はその重労働を、通常の業務ではありえないスピードで行った。田中は（普段からこれぐらい真面目にやれよ）と心の中で突っ込んでいたが、今はそれどころではない。田中も必死だった。一刻も早くこの場から立ち去らなければならないのだ。二人は汗だくになって、この『闇納品』作業を行った。あっという間だった。

「じゃ、ファミレス、バニーズで！」

「了解！」

練習前の食事の待ち合わせを約束し、二人は時間差でキャプソン取山工場をあとにする。闇納品初回はこうして終了した。


ファミレス、バニーズ。

「フ〜ウッ、何とか無事に終わったな」

「そうですね。でもヒヤヒヤもんでした」

「結構な重量があったし、正直焦ったよ」

「でも中井さん、物凄いスピードで荷下ろしをして。普段からあのくらい真剣にやってくださいよ」

ここで初めて田中が突っ込んだ。二人は出会ってからまだ日が浅い。田中としてはかなり思い切った発言だった。

「馬鹿野郎！　あのペースで全部やってたら体がもたねえよ」ＯＫだ。中井がガッツリ応えてくれた。人が急激に親密になる方法が幾つかある。お酒？　旅行？　それもいいだろう。だがもっと強烈なものがある。二人で悪事を働いて、秘密を共有する事、つまり「共犯」だ。

闇納品は、この要素を十二分に持ち合わせていた。犯行を（上手い事？）遂行できた今の二人は、ちょっとしたトランス状態になっていた。ましてやこの話をしながら「食」を共にしているのだ。場が盛り上がらない訳が無かった。会話は一気に弾んだ。この事は、文字通り二人の信頼関係構築（かなり危ない橋を渡っているが）に弾みをつけた。両面テープの様なものだ。二人の結合は、テニスという表と、闇納品という裏で、いきなり早速強固なものになっていた。

レッスン1

「それじゃ、そういう事で」

「………」

「本当に、ごめんなさい」

「いえ、別に田中さんが謝る事じゃないです」

「いや、でも、なんか、申し訳ない」

「いえ、こちらこそ、ごめんなさいです。何事も経験、って言ったのに、田中さんには全力で打たせる経験をさせてあげられなくて」

「………」微妙だ。確かにその通りだが、田中に美澄を責める気持ちは無い。何だかお互いに告白ができなくて、別々の高校に進学する中学生の様な二人だった。

結局、美澄と田中の付き合いは、1《ワン》クールのみだった。中井の勧めに従い、田中はスクール生としては初級クラスのワンクールのみで卒業。クラスのみならずスクールそのものも退会し、四月から正式にベアーズテニス倶楽部会員になった。

「別にベアーズからいなくなる訳じゃないですけどね」

「そうですね」

寂しさはお互いにあったが感情が大きく動いていたのはむしろ美澄の方だった。この二人は近い将来別の形でお互いのサポーターになるが、今の段階ではちょっとした「木綿のハンカチーフ」状態だった。事実この先美澄と田中が同じコートで対等に、楽しくラリーする事は二度と無かった。中井との練習に挑む田中は、まるで田舎の彼女を振り切って東京に出て行く様な心境だった。

四月になった。秋山を筆頭とする中井排除派の忸怩たる思いを他所に、中井の、田中へのマンツーマンレッスンが始まった。コートは一番端のアウトドア。「一番端」だ。この一番端のコートは、将来中井と田中の指定席になるが、初日の段階では二人にその自覚は無い。

レッスン開始。田中のフォアハンドに中井が球出しをする。

「目標は白帯。グリップなんて、どうでもいいから！」

「え？」

「打ち方とか、トップスピンとか、スライスとか、そんなもんどうでもいいから。とにかくフルスイングして、白帯めがけて打てばいいから」

「ええ？」

「ストレスが溜まっていたろう。今日はそれを吐き出す日だ！　思いっきり打ってもらっていいんだけど、ホームランばっかりで、球が無くなっちゃうのはさすがに参っちゃうからオーバーはナシ。むしろ全部ネットでオッケーだから」

いきなりの型破りな指導だった。テニスでは同じミスでもオーバーとネットでは意味合いが違う。初心者にする初めての指導は「なるべくネットはしないように」だ。ネットを越えて相手コートに何とか入れれば、相手はとにかく一度こっちに返す必要がある。超初心者であろうと、フェデラーであろうと、ナダルであろうと、ジョコビッチであろうとその義務は一緒だ。極端な話、相手コートに入れておきさえすれば、百万分の一の確率かもしれないが、世界ランキングナンバーワンの選手でもミスする可能性がある訳だ。ネットにはそれが無い。三〇〇㎞／hのサーブであってもネットはネット、相手のポイントだ。中井はそれで良いと言う。理解し難い理屈だが、中井には確信があった。これが一番近道だ、という事を。

「とにかくこの籠全部打ち切っちゃって！」中井は最初のレッスンで、田中とラリーをする気は毛頭無かった。先ずは田中に気持ちよく打ってもらう事が一番で、コントロールは二の次だった。中井が最初に確認したかったのは打球の威力のみ。確率はその後だ。上下二つの籠全部打ち切ると七十～八十球になる。田中はベースラインからそれを一気に打ち切った。予想通りコントロールは滅茶苦茶だった。コート中にボールが散らばる。中井の指示通り白帯に当たった打球は、数えるぐらいしかなかった。しかし中井の指示が功を奏したか、ホームランは無かった。バックネットを越えて、ボールを紛失する事は免れたのである。

「上等上等！　十分だよ！」中井は処女航海ならぬ、処女レッスンに手応えを感じていた。思った通りだった。田中の放った打球は、凄まじいスピードと威力を持って飛んで行った。

「よし、もう一回やろう！」

「え？　もう一回？」

「うん、しばらくこれの繰り返し。ただ、それでもオーバーが多いから、今度はもうちょっとネットの低めを狙っていこう！」

「ネットでいいんですか？」

「いいのいいの。だって白帯狙っててもオーバーしちゃうんだから。何なら地面と白帯の中間位の狙いでもいいかも？　『大将』の球は飛び過ぎちゃうんだよ」

確かに中井の言う通りだった。田中がフルスイングし、スイートスポットにジャストミートした打球はほとんどがオーバーだった。中井はこれを中和させたいという意味合いで、白帯を狙え、と指示したのだ。ここで重要なのは球出しで、中井は田中の腰から肩口の中間位、つまり、ストロークで最も力が入るポイントで常に打たせていた事だ。野球と違ってテニスは、ボールを遠くに飛ばせば良い、というものでは無い。初心者が最初にクリアしなければならないのは、この「飛び過ぎ」問題だ。フルスイングしてネットを越えて相手コートにボールを納めるには、ボールに順回転《トップスピン》を与える必要がある。ラケットをボールの上から被せるのだが、これが素人に誤って伝わると、ラケットをこねくり回してしまうのだ。中井は何としてでもこれを避けたかった。従って目先のテクニックよりも目標のみを最初に与えて、その目的遂行の手段については自然に身に付けてもらえるような練習方法を採った。

考えた訳ではない。指導も天才、中井流だった。

それからこの段階で中井は田中の事を「大将」と呼んでいる。「田中さん」は、絶対に無い。「田中！」と呼び捨ても無い。「あんた」も「おまえ」も無い。これはあまりにも失礼過ぎる。中井にも心はあった。相手を傷つけず、馬鹿にしないギリギリの（あくまでも中井の判断基準に過ぎないが）線で、考えついたのが「大将」だった。この呼び方は、中井の照れ隠しの裏返しでもあった。以降中井は、田中を終始「大将」と呼んだ。田中は？　田中はどんな呼ばれ方をしようと、全く意に介していなかった。「おまえ」でも「田中」でも何でも良かった。


今日、初回のレッスンはこれのみだった。中井の採点は八十点だった。まずまずだったがそれでも中井は若干の不満を感じていた。不満は田中に対してだった。中井は田中に付いてしまった悪い癖を一刻も早く取り除きたいと思っていた。中井はその事をストレートに田中に伝えた。

「どうだい、フルスイングできると気持ちいいだろ？」

「はい、今までできませんでしたから」

「大分よくなってきたんだけど、でもまだ打つときに自然にブレーキが掛かっちゃっているんだよ。これは初級クラスで身に付いちゃった癖だな」

ハッとした。勿論田中はハッとした。中井の言う通りだ。今日でかなり思い切って打ったつもりだったが、知らず知らずのうちにミスをしてはいけない、トラブルがあってはならないという無意識のブレーキが掛かっていた。テニスの原点、それはテニスが楽しいという事。で、ラケットを握って最初の快感は、スイートスポットに当たったその感触だ。プロのトッププレーヤーが、何故長年プレーを続けられるのかと問われれば、この快感を継続したい為、といっても過言ではない。レベルが高くなると、スライスやドロップショットなど、意識的な擦れた当たりも必要になってくるが、テニスの快感は何といっても打球感だ、フルスイングだ。田中はこの喜びを忘れていた。いや、忘れる前にまだ本当の本当のところは未経験なのだ。

ハッとした。中井もハッとした。中井は自分で言って、自分にハッとした。自然にブレーキが掛かっているのは、俺自身も一緒ではないか？　俺も一緒だ。俺もあの日のイップスから立ち直ってない。中井の脳の奥底で眠っていたモヤモヤ感を、中井は中井自身の言葉で呼び起こしたのだ。その後、中井は田中とのレッスン（将来中井が田中を一方的にレッスンする事は無くなり、いずれは五分五分の練習相手になるが）の中で、自分が発する言葉に自分でハッとする事の連続になる。

とにもかくにも本日の練習はこのパターンで終了した。

レッスン2

今日はインドアだ。インドアコートはスクール生が優先で、会員が使用できる機会は滅多に無い。その、滅多に無い日を、最大限に活用しようと、中井は企んでいた。

「ラッキー！　インドアだ！」中井にしては極めて珍しい陽気で軽薄なアクションだ。

「………」田中はこの中井のテンションにやや引き気味だったが、中井はお構い無しだ。

「よし、今日はこの前の逆！」

「逆？」

相変わらず中井は前説を行わない。とにかく言う通りやれば良い、というスタンスだ。田中もとにかくそれに従うしかなかった。

「この前の逆、前回は低い位置、白帯を狙わせちゃったけれど今日はその逆、ガンガンホームランを打っちゃっていいよ。但し、前回の反省点を踏まえて一〇〇パーセント、いや、一二〇パーセントのフルスイングだ。ブレーキを掛けないで、リミッターを外しちゃおう！」

「了解です」田中も中井の意図する事が分かった。なるほどインドアならではの指導法だ。凄い音だった。その破裂音が、閉ざされた空間で乱反射する。アウトドアでも十分大きい音ではあるが、インドアではさらに響き渡り、聞く者にそれの印象を倍増させた。

中井は前回と同様腰と肩の中間位の一番力の入るところに球出しをする。今日はバックサイドにも球出しをした。

「バックは両手？　片手？」

「両手です。スクールでは両手で教わりました」

「だろうな。今初心者はほとんど両手で覚えさせる」

「両手じゃまずいですか？」

「いや、全然まずくない。大将のパワーを活かすには両手の方がいい」因みに中井のバックハンドは片手だ。

「左手主導？　右手主導？」

「う～ん？」田中が悩むのも無理は無かった。そもそも全力で打ち込んだ経験が無いのだから、答えようが無い。

「よし、こうしよう！　野球の左バッターが、バックスクリーンに打ち込むイメージでやってみよう。その時一番快感を得られる打ち方が、大将にとってベストの打ち方だ。左主導とか、右主導とか、そんなもんどうでもいいわ」

「分かりました。やってみます」

中井が田中に課した最初の事は（美澄にとっては、身も蓋も無い事だが）スクールで学んだ事を一度全部捨て去る事だった。赤色なら赤色、青色なら青色を際立たせる為には真っ白のキャンバスが必要だ。田中を中井色に染める為には、一度美澄色を脱色させねばならなかった。美澄には美澄の立場がある。スクールという性質上、ある程度画一的な指導をせざるを得ない。田中も中井もそれは承知していた。特に田中は美澄には申し訳ないという気持ちであったが、中井との練習は、そんなセンチな気分を吹き飛ばす程の魅力的なものだった。中井の指導に田中はハマッていく。

「フルスイングは続けて、段々狙いを下にしていけばいい。あくまでもフルスイングだよ。絶対に力加減で入れにいかない事！　大将がいい感じで振り抜けて、上手い具合に相手コートに入ればそれがグッド！　ネットスレスレで、ベースラインギリギリにインしたのがベストショットだ。その感触を体に染み込ませればいい。その為には反復練習しかない。たまたまは駄目だよ」

中井の指導の一々に、田中は納得した。田中の打ち込む球の数は圧倒的に多い。しかもそのテンポ（一球打ち込んで、次の一球に移行する間隔）は非常に速く、籠の中のボールがあっという間に無くなるペースだった。身長一八三～四センチクラスの大男二人。存在そのものだけでも十分目立つのに、さらにその二人がクレイジーな練習をしている。そんな噂は、いや、この時点でもはやこの二人はベアーズの有名人であったから噂などという下世話なものではなく、この「情報」は、瞬く間に会員全員に伝わった。その情報は、会員経由で当然コーチ陣にも伝わる。

基本的に、会員同士が仲よくプレーを楽しんでいるのであれば、コーチ陣及びスタッフは口を出さない。中井は以前の中井とはもう違う。中井の相手をコーチ陣が苦労してブッキングする必要は、今は無くなっている。何故なら今中井には、ラブラブの田中がいるからだ。会員同士で本当の恋愛関係にあるカップルが存在する事は、それ程珍しい事ではない。二人は二人の世界に浸っている。こういう二人は放っておくのが一番だ。熱々ぶりを揶揄するのは野暮で、見て見ぬふりをするのが紳士淑女たるものだ。

だが中井と田中の二人に限って、外野は黙っていられなかった。いや、勿論表面的には口を出す事は無いが、会員、スタッフ、コーチ陣、取り分け秋山、春日、夏木の三人は、黙っていられなかった。無視できなかったのである。

ベアーズのコーチ陣は、この三人が看板だ。三人は「実力の秋山」「人柄の春日」その両方を併せ持つ「貫録の夏木」という事で、世間に通っていた。

三人共長身。夏木がジャスト一八〇cm、春日は一七八cm、秋山は二人には及ばないが、それでも一七五cmある。三人並んで、夏木が真ん中の3《スリー》ショットになると、丁度表彰台の一位、二位、三位、つまり金、銀、銅の位置関係になる。春日はよく「へへ、ヘッドが（文字通り頭一つ出ている）金で俺が銀、アキは銅メダルだな」と口に出していた。二人は夏木の十歳年下で、奇しくも同学年の同い年だ。本来はライバル関係であるべきだが、春日は、テニスの腕前では、到底秋山には及ばない事を自覚していた。春日は秋山に対し（俺は全部秋山に劣っている、と）内心卑下していたのだ。その春日が唯一勝っているのが身長だった。春日はことさら大袈裟に、秋山を茶化した。秋山は秋山で（くだらねえ事で張り合ってるんじゃねえよ）と呆れていた。二人はこんな関係だったのだ。

「中井さんと田中さん、何だか面白い練習してますよ。夏木ヘッドは見ましたか？」

「見た」

「アキは？　見た？」

「見たよ。何だあいつら、コート中にボール散らかしやがって」

「あいつら、って酷い言い方だな。いいじゃない別に、誰に迷惑掛けてる訳でもないし」

「迷惑なんだよ。存在そのものが。特に中井」

「そんな事言うなよ。まあ、アキが中井さんの事嫌いになるの、分からないでもないけど、田中さんに罪は無いぞ」

「俺は正直あの田中って人もよく分からないな。何だってあんな奴に付いていってるんだよ」

「おい、お前ら言葉を慎め！」

「……………」「……………」夏木の剣幕に、二人は押し黙った。秋山が叱責されるのは仕方が無い。夏木に指摘されるだけの、コーチとして不適切な発言をしてしまっているのは確かだ。だが、春日は全く納得していなかった。（チッ、なんで俺が怒られなきゃいけないんだよ）と。夏木が口を開いた。

「お前ら、あの練習見たか？」

「見ました」

「見ましたよ」（見たか？　って、俺の方から聞いたのに、逆質問って何だよ！）

「どう思った？」

「どう思った、って、ユニークな練習だなあって思いましたよ。田中さん、ですか？　いやあ、初心者なのに凄いパワーだなって、それだけは感心です。まあ、とんでもないオーバーかネットがほとんどでしたけど、あの中井さんがよく付き合ってるなあ、って思いました」

「アキは？」

「ハルと同じですよ。アホな事やってるなあ、って」

「お前ら、本当にそう思っているのか？」

「はい」「………」春日は返事をしたが、秋山は無言だった。

「凄い練習をしているぞ！　あの二人は！」夏木は大真面目に言った。

「えっ？」「………」今度も同じだ。声を出すのは春日のみ。

（全くオーバーだなあ、夏木ヘッドは中井さんの事、意識し過ぎなんだよ）春日の率直な感想だった。

さすがに口には出せない。

「まあいいや、しばらく様子を見よう」夏木がこう言って締めくくった。

人はそれぞれに一長一短がある。秋山の実力は確かに折り紙付きだが、性格にはやや難があった。短気な面もあり、その正直さゆえ、お客様とのトラブルが過去あったのも事実だ。対して春日は人当たりは最高だが、テニスの実力、また分析力においては、確かに、明らかに秋山と差があった。二人のリアクションを夏木はこう認識していた。

（ハルは相変わらず能天気で、まあ、あんなもんだろう。アキは分かってたはずだ。あの練習の真意を。全くもっと素直になればいいものを、あいつの負けず嫌いが誤解を招く表現方法になってしまうんだな。それにしても、中井、田中、あいつら凄すぎる）

看板コーチ三人の注目を他所に、中井と田中は粛々と、その練習メニューをこなしていった。指導者と選手（中井と田中は別にこの立場ではないが、便宜的に）で大切なのは、その信頼関係だ。気の遠くなる様な反復練習も、双方に信頼関係があれば効果的だが、それが失われた時は単なる拷問に変わる。二人はお互いに「一目惚れ」だった。お互いに「両想い」だった。その相乗効果は計り知れず、田中はあっという間に倶楽部ナンバーワンの実力者に生まれ変わるのだが、この段階では、第三者（単なる一般人）には、変人同士のＳＭ行為にしか見えなかった。

中井と田中③（晩飯）

（よく食うな……）

中井の思いは、呆れと驚きと感動の三割ずつだった。食事は練習前か練習後、のどちらかだったが、今日は練習後、中華だった。ラーメン、チャーハン、餃子。田中の食欲は尋常でなかった。普通これだけ食べれば太ってしまうものだが、田中には余計な贅肉は全く無かった。むしろ中井との練習で、体はさらに絞れている。中井の残りの感情一割は、嫉妬だったのだ。(全く羨ましいぜ、俺にも大将の体格と体力が備わっていたらなあ)中井はそんな思いで田中の食事風景をボーッと眺めていた。こんな些細な事から始まって、中井は田中のあらゆる言動から目が離せなくなる。中井があまりにも自分を見ているので田中が不審に思い、

「えっ、何か?」と問いかけた。

「あっ、ゴメン、いや、よく食うな、って思ってさ」中井は思いを素直にそのまま口にした。

「いや、お恥ずかしい」

「全然(悪い事じゃないよ)。むしろ羨ましいよ」ここもそう。そのまま思いを口にした。続けて聞いた。

「昔から(そんなに食うの)?」

「いえ、ドカ食いするのは社会人になってからです」

「!?」意外だった。「高校からです」とか「二十代はもっと凄かったです」を予想していたのだ。虚をつかれた形の中井に、田中が続けた。美味しい食事で気持ちに油断が生じて、少し調子に乗ってしまった。田中にしてみれば、余計な一言だった。

「食えない時期があったんで、その反動です」(食えない時期?)中井はこの食えない時期を、経済

的に、と取った。普通の捉え方だ。だからこう聞いた。

「金が無かったんだ」

「いや、そうじゃなくて減量で……」田中は、減量の、げん、あたりで自分で自分に気が付く。りょう、は急ブレーキを掛けたつもりだったが間に合わなかった。クルマは急に止まれない、のアレだ。田中はしまった、と思った。中井がこれに喰い付くのは必至だ。だが田中は命拾いする。ここが中華の一般食堂で良かった。周りの客は皆大声で喋っていた。田中の発言は、これに掻き消される。中井は田中が何を言っているのかが分からなかった。

仕切り直し。田中は何事も無かったように……。

「そうなんですよ。俺、いつも金がないんですよ」と誤魔化した。（そうか、大将、苦労してるんだな）中井は勝手に同情した。中井の親分肌（見栄っ張り）気質に火が付く。中井は田中の食べっぷりをとても心地良いと感じていた。そして中井は中井で、別の意味で調子に乗ってしまう。

「ヨッシャ、大将奢りだ。ガンガン食っちゃってよ！」

「いいんですか？」

「いいよいいよ、遠慮するなよ」

ここでも二人は主従関係だった。中井はいい気分だった。田中は、中井がいい気分でいてくれる事がいい気分だった。だが本当に二人の関係が、単純に中井が主で、田中が従であったかというとそうでもない。

二人共無意識だった。中井も田中も今までは、自分がすべて、だったのだ。二人共「与える」喜びを、「捧げる」喜びを感じた事の無い人生だった。だが今の中井はどうだ。テニスではその技術を、私生活では多少の金銭を、そして仕事面では闇納品というメリットを田中に与えている。中井は楽しかった。そして嬉しかった。田中と出会って生活にハリが出ているのが実感として分かる。中井は口に出す事は無いにしろ、田中に「感謝」しているのは確かだった。では田中はどうだ。勿論、中井に物理的に何かを「貰える」浅い部分の、一義的な喜び、嬉しさはある。だが田中の喜びはもっと深いところにあった。田中は、中井が感じる喜びの事柄、時間、空間、そのすべてを中井に与えていたのだ。

おじいちゃんが孫に小遣いを渡す。この場合、喜びを与えているのはどちらだろう。孫が小学生、中学生、高校生、大学生、そして社会人となってくるに従い状況は変化する。どちらがどちらに喜びを与えているのかの境界線は、次第に不明瞭になってくるのだ。祖父は孫に小遣いを渡し続けなければならないし、孫は貰い続けなければならない。「おじいちゃん、もう小遣いはいらないよ」とは絶対に言ってはいけないのだ。与える喜びを奪ってはいけない。つまり田中は、中井が喜ぶ「場」を中井に与えており、それこそが田中の喜びだったのだ。

この事はお互い無自覚だった。だから二人はまだ知らない。だから二人は未経験だった。私生活や、仕事面における共同作業で得られる喜びを。そしてスポーツ面では、チームプレーで得られる喜びを。勿論テニスもそうだ。二人はこの段階では分かっていなかった。二人にとって、テニスの競技イコールシングルスだった。勝負とは、一対一でしかあり得ないと、信じて疑わなかったのである。

球出しからの打ち込み練習は、幾度となく繰り返された。田中はこの反復練習に文句一つ言わず黙々と、文字通り、打ち込んだ。通常飽きるものだし第一体力が持たない。中井はこの点についても驚愕していた。

（大将、タフだな。普通これだけ打ち込んだらへばるものなんだけど、全然ハーハーしない。籠二つ分でもケロッとしてやがる。一体どういう体力なんだ？）後に分かるが田中の無尽蔵のスタミナは、学生時代の（今のところ謎の）格闘技と常日頃の肉体労働で培われたものだった。この一点だけ取っても田中は中井のそれを凌駕していた。中井はこの驚きを少なくとも表面上だけは出さず、平常心を装ってレッスンを続けた。

「大分確率が上がってきた。よし、ラリーしよう！」

「えっ、ラリー？」

「うん、ラリー」

「普通にラリー？」

「勿論普通にラリー。大将は今まで通りガンガン打って来ちゃっていいよ」

「いいんですか？」

「いいよ、っていうか、誰に言ってんだよ。俺が大将の球、打ち返せないとでも思ってんの？」中井が半分怒りながら、半分笑いながら答える。

「いや、そういう意味じゃなくて、俺の打球、どこへ飛んでいくか分からないから」

「ああ、そういう事。大丈夫だよ、とんでもないホームランボールは別だけど、こっちのコート内に納まったやつについては返すから」

そうは言われても田中はまだ不安だった。田中はベアーズでまともなラリーをした事が無い。美澄と少しだけ経験があるが、その美澄にでさえ全力で打ち込んだ訳ではなかった。

「とにかく、やってみよう！」田中の心配を他所にラリーは中井の球出しから始まった。今度は籠から出すのではなく、中井のズボンポケットから。球数は中井のポケットに収まる三〜四球程しかない。果たして結果は、田中の予想通りだった。相手コートに自分の打球を打ち返そうとしている人間がいるといないのではこうも勝手が違うものなのか。ボールは、とんでもないネットか、とんでもないオーバーのどちらかだった。全力で打たなければならないというのは、田中にとってかなりの縛りだった。

「スミマセン」

「いいのいいの、気にしないで。大将は今まで通り普通に打ちゃあいいんだから」中井は次の三〜四球を籠から取り出し、同じ球出しをした。

その「普通」が難しいのだ。さすがに田中も気が引けて、チョットだけ力を抜いた。ボールは山なりだったが、中井の目の前に落下してくれた。普通のインだ。田中は思った。やっと返せた。初めて中井が返球してくれると。ところが中井はこの打球を無視した。スルーした。球出しも止めた。

「ダメだよ！　妥協したら！」予想以上の激しいトーンの叱責だった。

何もここまでの言い方は無いだろう。そうはいっても田中はまだテニスを始めてたかが三～四か月程度なのだ。この指導は、プロのコーチが、世界を目指すジュニアの選手にするそれに匹敵する。しかし田中は、この言葉を受け取った直後こそ驚いたものの、一拍置くと却ってそれを好意的に受け止めた。考えてみればこれが初めての中井の叱責だった。本当の指導がここに開始したのだ。田中は反発どころかむしろ感謝の念さえ湧き出ていた。

「スミマセン」このスミマセンは、さっきのスミマセンとは全然意味合いが違う。

「オーケー、続けよう！」田中の謝罪を受けて、中井の指導が再開される。

阿吽の呼吸だった。ここには指導する者と、される者の神聖な空間があった。田中が必死に全力で打とうとする。少しずつインが増えてきた。だが中井はまだまだ打ち返さない。

「ダメダメ！　まだまだ」打ち返さないのには変わらないが、今度のダメダメには中井の愛情が含まれていた。何故なら田中が必死に全力で打とうとする意識を感じ取っているからだった。このやり取りを何度か繰り返す。中井のダメダメが続く。無意識だった。そのトーンと同時に、中井の球出しのスピードが増してきたのだ。ムキになり始めていた。それは田中も同じだった。今までの純粋な気持ちと違い、初めて相手を打ち負かしてやろうという感情に変わっていた。

ラリーとは名ばかりの、続かない打ち合いが三十球程交わされた後、それは突然やって来た。今、中井の球出しは、最初の頃の山なりのボールとは違い、かなり直線的なものに変わっていた。あの時と一緒だった。美澄のサーブ、それをレシーブし、相手前衛を危うく大怪我させる、あのシチュエーションと。田中は打ち返した。

ただ、あの時と違う事。今相手コートには気を遣う相手はいない事、今打ったショットはムキになって打った事、あの時はネットから四十センチあったけれど、今打ったショットはネットから二十センチしか上にない事、つまり全体として言える事は、あの時よりもさらに凄い威力のボールを打っている事だった。

「バーン!!」ジャストミートだ。フルスイングだ。

(決まった!)田中の感覚からして、ボールは絶対に返ってこない。ボールが戻ってくるなど、完全にイメージ外の事だった。フォロースルーのポーズを取って、いい気になっている、その時だった。

「パーン!!」田中の打球音とはまた違う、高い、澄んだ音だ。

ボールが返ってきた。普通にボールが返球されたのだ。

「エッ!?」

テイクバックをする間もなく、そのボールは田中の横をすり抜ける。その予想外の弾道は、田中の、油断という言葉では説明のつかない程のカウンターショットだった。ここでのカウンターは、物理的なカウンターは勿論、精神的にもカウンターだった。いや、むしろ、精神的なそれの方がショックが大きかった。

「何だよ! ラリーなんだから続けないと」

「あ、ああ!!」

これは、田中には酷だった。田中には、カウンターをさらにカウンターで返せ、と言われている様なものだった。中井にもそれは瞬時に分かった。

「ハハ、まさか返ってくるとは思わなかった？」

「は、はい」田中は中学生の様に、素直に答えた。

「いや、ナイスショット！　今ぐらいムキになってもらって結構！　続けよう」

（ナイスショット？　ん？　中井さん、今褒めたか？）田中は短い時間ながら、中井と今日までの日々を振り返る。中井は今まで、ここまであからさまに、しかもハッキリと口にして田中を褒めた事は無かった。そういえば叱責されたのも今日が初めて、褒められたのも今日が初めてだった。田中のやる気が倍増する。中井が意識して使ったテクニックではなかった。だが、中井は無意識の中で所謂「飴と鞭」を使い分けていたのだ。中井は、あまりにも素直に口に出た「ナイスショット」に自分自身でも驚いていた。お互いがお互いに影響を与えていたのである。

ラリー練習はさらに続いた。田中のインの確率が、少しずつ上がってきた。

レッスン4

打ち返したり、打ち返さなかったりのラリー練習は続く。継続していく中で、明らかに中井の打ち返す確率が高くなってきた。だが、中井の打ち返す確率が上がる一方で、中井が打ち返してきた球をさらに田中が打ち返す確率は一向に上がらなかった。これには無理がある。矢吹丈の「クロスカウンター」を打て、と言われている様なものだ。また、仮に田中が首尾よくクロスカウンターを打てたとしても、さらにクロスクロスカウンターが返ってくるのであるから、ラリーも糞もあったものではなかった。何遍も述べているが田中は今でも初心者のカテゴリーなのだ。このままでは埒が明かないと判断した中井は、次の段階の、次の打開策の練習方法に転じる。

「大将、全部フルスイングの縛りを解こう。大将が打つ一発目は今まで通りだけど、俺が返球した球をさらに大将が返球する場合は、取り敢えず俺のコートに返しさえすればいいや」

「取り敢えず、そっちのコートに返せばいいんですね」

「うん、三球目ね」

中井はここで初めて「三球目」という用語を使った。すなわち、中井の球出しはカウントせず、田中がフルスイングして打った球を一球目、中井の返球を二球目、それをさらに返球する田中の打球を三球目と称したのである。この「三球目」は後々、田中にとって、いや、中井にとっても大きな意味を持つワードとなる。

「ん、じゃ、続けるよ」「了解です」

レッスンが再開された。田中が打つ。中井が返す。今まではこれで終わりだったが、田中も次第に慣れ、今は俺の打った球は必ず返ってくる、という気構えに変化していた。つまり次の準備が取れるようになってきたのである。それでも中井の返球は厳しい。さらにそれをフルスイングで返せるような甘い打球ではなかった。だが、田中は返した。必死で返した。無心で返した。グリップとか、打ち方とか、そんな事は意識する暇も無く、とにかく中井の言う通り、三球目をなんとか相手コートに収めたのである。田中の打球は、やっと返したものであるから、当然相手にとっては甘いものであった。果たして中井はどうしたか？　中井は返球した。中井は「やさしく」返球したのである。この打球で振り出しに戻る。新たにリセットされた状態で、田中の一球目が再開された格好になった。田中は、これで良いのだ、と思った。

（うん、よしよし、これでいいんだな。これを続けていけばいい。これなら理屈では永遠にラリーが続く）と。三球目、三の倍数。六回とか、九回とか、ラリーが続くようになってきた。田中は段々気持ちが、気分がよくなってきた。中井のやさしい返球は、自分を評価してくれたと判断した。

そこまでは、良かった。だが、次の心持ちはダメだった。田中はいい気になってしまった。田中は、中井が田中に求めていた凄い、鋭い、打球を打つ事を止め、本来とは違う、ラリーを続ける事そのものを目的とする行為に及んでしまう。ラリーは目的ではない。あくまでもポイントを取る為、ゲームを取る為、セットを取る為、そしてマッチを制する、すなわち勝利の為の手段に過ぎない。この本末転倒の田中の行動に、中井は怒りの鉄拳を下した。

これまでのレッスンで、初めて田中が気を抜いたショットだった。三球目、田中が返球する。その返球はただただラリーを続ける為、だけ、のみ、のショットだった。その気の抜けたボールはネットの上を山なりに越えて、サービスライン付近に力無くバウンド。その刹那だった。中井が猛然とダッシュしてきた。

「ドカーン!!」凄い音がした。中井の打球音だった。中井にしては珍しい、大きな破裂音だ。中井が強打。これでもか、と強打。親の仇の様に強打。鬼の形相で強打。あの時と同じだ。十九年前、中井が安易に放ったドロップリターンに、カラスが中井のコートに打ち込んだあの時と。

（えっ!?）勿論田中は驚いた。だが、これまでに中井から受けた数々の驚きの比ではない。今まで中井に驚かされた事は多々あったが、その驚きは、純粋に驚きのみであって、驚きの域を越えたものは無かった。今、目の前の中井は違う。ネット越しに仁王立ちしているその姿に、田中は初めて恐怖した。

「………」「………」

「………」「………」

ネット越しに、無言の二人が、お互いの表情を見やる。長い長い沈黙の後、やっと中井が、口を開いた。

「分かる？（この意味が）」

「分かります」目は口ほどにものを言う、という。この場合、中井の目は、口以上にものを言っていた。訴えていた。田中も強烈な鉄槌を食らった直後こそ、一瞬腹も立ったが、中井のその表情、その体の震えにすべてを悟り、すべてを理解した。

「スミマセン」田中は直ちに反省し、素直に謝罪した。

「いや、分かってくれればいい。俺もちょっとやり過ぎた」（ゴメン）と続くところだったが、実際に口に出す事は無かった。照れ隠しで、言えなかった半分。俺から謝る必要は無い、言わなかった半分だった。

お互いに、しまった！と思っていた。一応練習は続けたものの、中井のこの一発で、これまで流れるように順調だった二人の練習は、初めてギクシャクしたものになってしまった。だが、二人にとって、この一件は、さらに絆を深める切っ掛けになる。あとになって振り返れば、雨降って地固まる、の、ほんの小さなエピソードの一つに過ぎなかった。今後二人には雨が降る。何度も何度も。そしてその雨は、固まるかどうか分からない程に地面をぐちゃぐちゃにさせる、豪雨ばかりだった。

レッスン5

中井の、田中との練習は、『妥協しない』が信念だった。

何も分からない子供に泳ぎを覚えさせるには二通り。洗面器に顔を付けるのを最初にして、徐々に水に慣れさせる方法。いきなりプール（あるいは川や海）に突き落としてしまう方法。この二種類だ。中井の採った方法は文句無しに後者で、これで絶対やっていけると思っていた。だが現実は違っていた。いざ蓋を開けてみると、実際はそうもいっていられなくなってきたのである。

突き落とし方が強烈過ぎた。落とされた方が溺れそうになる。それでも突き落とされた方が何とか自力で頑張って、自然と泳ぎを習得すれば、問題は無い。だが、突き落とされた方が助けを求めたり、突き落とした方が下手に手を差し伸べてしまうと、その泳ぎの習得は振り出しに戻ってしまい、今までの練習が台無しになってしまう。

中井と田中の場合もそうだった。中井のあの一発は、確かに妥協を許さないという点では理解できるものだったが、円滑な演習、確実な技術の習得という観点からはマイナスだった。ラリーの練習は、一度振り出しに戻った。そして、さすがの中井も妥協をし、多少ショットのスピードや威力を落としてでも、ラリーを続ける事そのものを主眼に置いた。だが、それで良かったのである。プレッシャーが和らいだ田中は、これまでとは違いリラックスしてストロークに臨め、結果的に、グッドショットが増えてきた。第三者から見た、クレイジーな練習は鳴りを潜め、傍から見ていても普通のラリーをしているかの様な場景になった。

「おい、アキ見たか？　中井さんと田中さん、普通のラリーしているぞ」

「見た見た！　なんだ、普通になってるじゃないか。あいつら結局大した事無かったな！」

夏木がそばにいた。秋山はこれ見よがしに、わざと大声で夏木に聞こえるように春日に答えた。今日もそうだ。秋山は（顔の方向と声だけは春日を向いているが、心は）春日を見ていない。見ているのは夏木で、振り向いて欲しいのはいつも夏木の方だった。中井排除派の、相変わらずの秋山節だが、夏木は今回、この練習を見ていない。夏木は無言だった。もし、二人の言う通りだったら夏木にとってはガッカリな情報だった。夏木は二人の会話を無視した。本当は無視していない。ただ表面上は、無視していますよ！と二人がハッキリと分かる様なパフォーマンスをした。やっぱり本当は無視していなかった。気になって仕方が無かったのである。

ヘッドコーチの立場にある夏木が、露骨に中井と田中の練習を見学する訳にはいかない。あいつらの事なんか眼中にないぜ、と、ポーズを取りながら、二人のレッスンのチェックをする事は至難の業だった。それでも夏木はフロントスタッフやコーチ陣、勿論秋山と春日の目を盗んで、二人のラリーを確認した。結果、夏木の杞憂だった。やっぱり二人は、普通のラリーをしている訳ではなかったのである。

連日のレッスンでハードなステップを踏む田中のシューズは、その爪先部分が取れ掛かっていた。中井の球出し、それを返す田中の一球目。田中はもはや百パーセントの力で打ち込む事は少なくなってきていた。七～八割程度で良い。むしろその位の力の方が、スイングスピードをボールに伝えるのには効率が良い事が、体感できてきた。所謂、コツ、をつかみ始めてきたのである。中井が返す、これが二球目。そしてさらに田中が返す。問題の三球目、だ。

偶然だった。田中のフォアハンド。打つ直前、シューズの爪先部分のゴムが一部剝がれた。振り出そうとしたが、滑って前につんのめる。田中はバランスを崩し、自身の意思とは無関係に前方へ引っ張り出された。本来の、ベースライン一～二歩程度の後方から、必然的に、逆にベースライン前方二歩程の位置になった。だがスイングは既に開始されてしまっている。これも同じく、もはや田中の意思では止められない。田中は構わず、止むを得ず、ラケットを振り切った。ボクシングで例えれば、ストレートで顔面を殴ってくる相手の拳に向かって、あえて自らの顔面を前面に差し出しながらも拳一個分躱し、自らもストレートを放つイメージだ。打点は、普段打つ位置の若干上、ボール二～三個分程だった。幸運にもボールはスイートスポットに当たった。自らの意思で打ち込んだ訳ではなかったので、力は込めていない。力は入らない、入れたくても入れられない。田中のラケットは、始動そのものは田中の動力だが、開始してからは惰性のみで回転した。それが良かった。田中の予想とは裏腹に、打球は決して遅くならない。いや、むしろ速かった。速かったのは打球だけではない。タイミングも速かった。この一打は、中井の時間を奪う。田中はこの時無意識に「ライジングのカウンターショット」を放っていたのである。

果たして打球の行き先は？　ベストだった。打球は一直線に、中井のベースラインに突き刺さった。中井は？　中井は返球できない。中井にとってその打球は、差し込まれた格好になった。中井はテイクバックが取れない。取る暇がない。慌てて返球したその打球の行き先は、ネットだった。それも地面に近い、全く可能性が無いネットだった。

「ゴメン」「すみません」二人はほぼ同時にこの言葉を発した。同時に発した事に意味がある。どちらかがどちらかの発言を聞いて、それを聞いた後の発言（あるいは何も言わない）であるのかどうかで、お互いの心理は大きく変わってくる。中井のゴメン、は、俺のせいで返球できずに、ゴメン、で、田中のすみません、は、自分の意図しないショットが、相手が絶対返球できないような位置に飛んで（あるいは落ちて）しまって、すみません、という意味だ。ネットインなどで「ごめんなさい」のポーズをする、あれだ。

表面上、上っ面の、一番上っ面だけ見れば、何の変哲もない光景だった。だが田中は無意識に、中井の深層にあるプライドを著しく傷つけた。中井は、返せる、と思っていた。だが、実際は返せなかった。それで、ゴメン、と言った。中井に敬意を払うのなら、田中は黙って次の中井の球出しに備えれば良かったのである。何事も無かったかの様に仕切り直しだ。だが田中は一呼吸も置かず反射的に、すみません、と言った。言ってしまった。今回のすみません、は今まで田中が無数に放ってきた、スミマセン、とは次元が違う。つまり「僕の放ったショットはあなたには絶対に返せません。このショットは僕が意図して打ったものではなく、偶然の産物です。でもテニスのルール上、このポイントは僕のものになってしまいます。だから申し訳ない」という意味だ。この段階で、あなたには絶対に返せない、と表明している。これは何を意味するか？　中井にとっては屈辱的な、上から目線の発言に他ならない。

しかし、結論から言えば、これは田中が正解だ。神の視座。もしテニスの神様がいて、この光景を眺めていたのであれば、田中のショットに軍配を上げていただろう。神様だけが「絶対」のジャッジを下せる。田中のショットは、絶対に返せないショットだった。中井はこの、絶対に返せないショットには、素直に「ナイスショット！」と褒めれば良いだけの事だったのである。中井は認めたくなかったかもしれない。だがこの時点で、例え偶然とはいえ、中井にも絶対に返せないショットを、既に田中は手に入れていたのである。

このラリーを、このラリーの顛末を夏木は見た。偶然見た。二人の練習を見る事ができる、ほんの僅かしかないチャンスで夏木は見た。夏木はほくそ笑んだ。知らんぷりして見たつもりだったが、会員の誰かがそれを見ていた。春日にチクった。春日は夏木を突っ込む。

「夏木ヘッド、何だ、見てたんじゃないですか、どうでした？」

「おお、ハルの言う通りだ。普通のラリーだった」

「でしょう、ヘッドは中井さんの事、意識し過ぎなんですよ」今まで胸の内にしまっていた感情を今度は口に出して言った。失礼な奴だ。だけど、憎めない。

「仰る通りです。春日さん」夏木は笑いを堪えるのに必死だった。

レッスン6

テニスの勝敗を分けるものは、最終的には両者の総合力の差である。持ちネタが五個よりは十個、十個よりは百個ある方が良いに決まっている。テニスの試合とは、この持ちネタの披露合戦で、客がどれだけ笑うかの競い合いだ。ただここで大切なのはその持ちネタの質だ。例えば持ちネタを、百個持っているベテラン芸人がいるとする。しかし実際に客に受けるネタは五本しかない。一方で、持ちネタそのものの数は十本しかないが、そのネタは全部ウケる新人の芸人がいたとする。この場合は、新人の勝ちだ。所謂「鉄板ネタ」をどれだけ持っているのかが、勝負のカギとなる。高校の文化祭で大爆笑を攫っていた人気者が、プロの舞台に立ってみると、全くウケないという話はよく聞く。

テニスの場合も全く同じだ。巷には、アマチュアレベルで「上手い」奴はごまんといる。だが、プロレベルの「強い」奴となると、それはほとんど皆無だ。プロでやっていけるプレーヤーの共通点は、絶対的なショットを必ず持っている事であり、男子のトップでやっていける大きな武器の一つとして挙げられるのが、サーブだ。サーブの速さだ。その目安が二〇〇km／h。二〇〇km／hが相手の予想の逆を突き（あくまでもレシーバーの予想を裏切った場合のみ。一流のレシーバーは、予測さえ的中すればこの二〇〇km／hでさえ、リターンする。トップはそれぐらい凄い世界）さえすれば、絶対に、返せない。中井は田中のこの、絶対的なサーブに無限の可能性を見出した。

鉄板ネタとは、何時《いつ》でも、何処でも、誰にでも、意識的に、再現性を持って披露できるネタだ。田中は今回、今日のレッスンで、遂にその、鉄板ネタの一つを手に入れる。フォアハンドだった。

傍から見れば普通のラリー練習は、今日も継続された。初めて行ったラリー練習から、二か月程経過していた。田中のレベルは急上昇していた。ラリーが続く、普通に続く。但し続くのは田中のフォアハンドのみだった。バックハンド側になると、それは途端に途切れた。中井の指導はこうだった。「フォアでできる限り打て！　バック側でも廻り込めるのなら廻り込んで打て！」と。

その時がやって来た。今度は前回の様に足が滑って打った偶然の産物ではない。コップに水滴を落とす。一滴一滴の水量は僅かだが、それは空のコップを確実に満たしていく。あと、どのくらいの雫で溢れるのかは、容易に推察できる。今は表面張力の状態だ。あと一滴。中井も分かっていた。明らかに田中のショットに押されるケースが増えてきた。それでも中井は返す、必死に返す。田中に悟られないように、例え山なりになっても田中のベースライン付近に深く返す。

中井は、もはや田中のショットをカウンターで返せる余裕は無い。それでも返す、必死で返す。だが限界だった。田中は中井の指示通り、バック側に来た中井の返球を、あえてフォアに廻り込んで、逆クロスに強打した。中井は？　中井は返した。シングルバックハンドの右腕を、目一杯伸ばして返した。打球は？　返ってきている。だがダメだ。力の無いその打球はネットを山なりに越えるのがやっとだった。田中が前進。田中がダッシュ。あの時と立場が逆だ。中井がやさしく田中に返球したあの時と。どうする田中。

（やさしく返せばラリーは振り出しに戻る。でもそれでいいのだろうか？　強打もできる。でも中井さんのプライドは？　いや、待て、どっちの方が中井さんのプライドを傷つける？　この前の二の轍は踏みたくない。えっ！　中井さんが俺を見ている。怯えている。固まっている。どっちだ？　どっちが正解だ？）この間、考慮時間一秒。田中の採った選択は？　後者だった。田中は強打して、トドメを刺すショットを決断した。

「ドカーン!!」非情のショットが決まった。中井はニュートラルポジションに戻るどころか、その場で尻餅をついていた。この中井の状況ならば、ここまでオーバースペックの強打をする必要は無い。田中はポン、と、相手コートにボールを返しさえすれば良かった。だがあえて田中は一〇〇パーセントの力で打ち抜いた。田中の精一杯の、敬意の表現だった。中井は声が出ない。田中も出ない。だが、田中のそれは中井と違う。意識して黙った。

「………」

「………」

逆だ。この前と立ち位置が逆だ。だが今回は、その両者のコントラストがより鮮明だ。より残酷だ。ネットを挟んで田中は仁王立ち。中井は尻餅をついたままだった。

「………」「………」田中は、中井が何らかの発言をするまでは、自分から何かを発言する事は無い、と決めていた。今度は中井の番だ。どうする中井？

中井は尻餅から立ち上がり、田中に正対した。そしてこう言った。わざと関西弁で言った。

「よっしゃ、今日はこれぐらいにしといたるわ」と。

田中は「はい！　ありがとうございます」と答えた。本当は、中井の関西弁のボケのリアクションにはズッコケるのが正解だが、誠実で真面目な今の田中には、はい！ありがとうございます、が精一杯だった。ただ田中は嬉しかった。超嬉しかった。愉快だった。心の中の笑いが止まらなかった。中井の事を益々好きになった。中井は「参った！」とは言わなかったのである。

伊藤虎雄登場

山で遭難するのは、一人よりも、二人の方が確率が高いらしい。最初は意外に思ったが、理由を聞くと「なるほど」と頷ける。頼ってしまうのだそうだ。お互いがお互いを。この三人の場合も同様に、いや、もっと酷かった。

【伊藤虎雄】　慶聖大学工学部教授　工学博士　テニス部顧問。
【佐藤龍義】　キャプソン株式会社　資材部部長。
【近藤熊吉】　株式会社ベアーズテニス倶楽部　代表取締役社長。

今現在の三人の社会的身分及び肩書だ。年齢は三人とも六十二歳、同い年、同じ学年だ。この三人のうち誰か一人でも年上であったら、誰か一人でも傑出したキャリアであったら、こうはならなかっただろう。今回は、三者三様の、ジャンケンにも似たその関係が、彼らの後輩達に災いした。「感動の涙」となるべき再会は、最低なものになった。しかも、二つ、三つ、いや、四つ。

六月の第一土曜日、午後七時半過ぎだった。

「あっ、トラ！」

「おおっ、中井！」

最悪だ。二人が十数年振りに再会したのは、トイレ。ベアーズクラブハウスのトイレだった。伊藤が用を足しているところに中井が偶然並ぶ。最初は両方気付かない。オッサン二人のツレション状態。中井が気付く。お世話になった中井が、直ちに深々と頭を下げるシチュエーション、にはならなかった。二人とも、下半身の生理現象を、先ず処理しなければならない。それはそれは間抜けな絵面だった。

「トラ、あっ、いや、いと、う、さん。な、なんで!?」「虎雄」誰がどう考えても愛称は「トラさん」だ。中井も勿論「いとうさん」とは咄嗟に出ない。

「ちょっと待ってくれ、取り敢えず（ションベン）済ましちゃおう」

「同じく」

二人は一物を、自前の金庫に格納し、社会の窓をキチンと閉じた。何を差し置いてでも、この行為を最優先させねばならない。深呼吸のあと伊藤、

「いいよ、トラさんで。あーびっくりした」

「こ、こっちのセリフですよ。なんでトラさんが、ここに!?」

「あ、いや、まさかこんなところで会うとは思わなかったから、確かに驚いたのは驚いたんだけど。

聞いてない？」

「聞いてない？　何を？」

「何を？　って、俺の事」

「トラさんの事？」

「そう、俺の事」

「チョット待ってください。一体、何が、どうなっているんですか？」

「ホントに何も聞いてない？」

「はい、全く」

「なにいいいぃぃぃ！」

　この場合、中井の反応が正解だ。中井はこのリアクションしか取れない。困ったものなのは、佐藤あるいは近藤で、伊藤の怒りの通り、中井に何も言っていなかったのだ。伊藤はこのあと、この怒りを二人にぶつけるが、結局責任の擦り付け合いになる。テニスウェアの中井に気付いた伊藤は気を取り直し、

「あっ、じゃ、これからプレーするの？」

「はい、友人と」

「どのくらい？」

「一時間位ですかね」

「ああ、そ、そうか」

「すいません。事情はよく分からないんですけど、コートに友人を待たせちゃってるんで（話はそのあとでいいですか？）」

「お、おお、そりゃ、お友達に悪いよな。大丈夫。俺たち、しばらくここにいるから、終わるまで待ってるよ」

「おれ、たち？」

「ああ、いや、何でもない。とにかく待ってるから」

中井は小さく疑念の首を捻ったが、田中が気掛かりだった。ここは伊藤には申し訳ないが、練習を一段落させてからと判断し、田中の待つコートに急いだ。

伊藤はどうしたか。バツが悪くなった伊藤は、取り敢えずテディベアに戻った。

「テディベア」というのは、株式会社ベアーズテニス倶楽部が運営する、レストランの名称だ。フロント建屋に隣接し、スクール生や会員の、会食の場に利用されている。勿論一般の利用客もオーケーで、伊藤は今日、佐藤と近藤に、ここに呼び出されていた。トイレがテニス施設とレストランの兼用であった為、中井と偶然の鉢合わせとなった次第だ。

レストラン唯一の個室に、一人伊藤が陣取る。伊藤は早速イライラしていた。呼び出したのは、佐藤と近藤だ。一応伊藤は、招待されたお客様である。一般常識として、招待側がお客様を待たせるのは無礼だ。その無礼を、佐藤と近藤はしっかり遣って退けていた。いや、そもそも友人関係の三人に失礼とか無礼とかそういう感覚は無い。それでも遅れてテディベアに到着した佐藤が、一応の非を詫びて第一声、

「いや悪いね、こんな茨城くんだりまで」伊藤の住居は、世田谷。

「……………」伊藤は無言だが、ハッキリと侮蔑と分かる表情を佐藤に向けた。こんな顔を営業マンがお得意様に向けたら一発で取引停止だが、佐藤はジョークとして受け取った。

「待った？」愛想笑いをした。

「……………」相変わらず無言のリアクションだ。二回も続けて無言とは、佐藤もさすがに何か違うな、と直感した。友人といえども（いやとんでもない、とか、いや全然）と答えるのが、社交辞令ではあるがそれが常識だ。

「クマは？」

「ああ、あれでも一応、じゃない、立派なオーナーさんだから、いろいろあるんだよ。少し遅れるって」

「遅れるって、クラブハウス内にいるんだろう。ちょっと顔を出すくらいできるんじゃないの！」

「おいおい、いきなり何だよ。そんなに怒る事ないじゃない」

「中井には話したのか？」

「いや、話してない」

「それじゃ、クマの担当なんだな。あいつ、全然段取りが違うじゃないか！」

佐藤はギクッとしたが、聞こえないフリをした。

「それにしても、ここ（に来る）まで大変だったろう。道混んだ？」佐藤は本筋とは違う話をする。

「混むって、酒飲むから電車で来いって言ったのお前だろう。何言ってんの！」

「あ、ああ、そうだったな、ゴメンゴメン」佐藤は明らかに動揺していた。二人（このあとすぐに三人になるが）の久しぶりの再会は、のっけからギクシャクした。

全く会話が弾まない中、やっと、やっと近藤が合流した。間が持てないでいた佐藤は一時的に助かったが、近藤の登場でその場はさらに荒れる事になる。

「悪い悪い、いやあ、ちょっとお客さんと揉めちゃってさ」

「おう、分かる分かる。オーナーさんともなればいろいろ大変だよな」

「……………」

佐藤は近藤をフォローするが、伊藤は無視だ。近藤も一発で伊藤の様子がおかしいと感じた。

「クマは中井に話したの？」

「えっ？」

「いや、だから話したのかって！」

「いやいや、チョット待って。いきなり何なの」確かにそうだ。佐藤にとっても近藤にとっても伊藤の態度は、『いきなり』だった。訳が分からない近藤は、佐藤に目をやる。佐藤が目を背けた。まさかとは思うが、近藤が佐藤に全く同じ質問をぶつけてみる。

「タツ、お前もしかして、中井君に何も言ってないのか！」

このあたりの人間関係は微妙だ。中井は、伊藤にとっては大学時代のテニスの教え子、佐藤にとっては会社の部下、しかし近藤から見れば、確かに遠い後輩には当たるが、直接関わってきた訳ではない。ましてや中井はベアーズの会員なので、厳密にはお客様だ。当然「中井」と、呼び捨てにする訳にはいかなかった。佐藤、近藤、伊藤の「三藤」は、二人きりの場合は、俺、お前で事足りるが、三人の場合は誰が誰にものを言っているのか分からなくなってしまう為、名前のタツ、クマ、トラを織り込む事が自然と多用された。

「言って、る、ない」

煮え切らない言い方の佐藤に、「ああん？」「どっちなんだよ！」伊藤と近藤の言葉が荒くなる。

「すいません。言ってません」

「何だとお！」

今にでも手が出そうな剣幕の二人を制するように、佐藤は両手を前に出した。

「待ってくれ、昨日、いや今日にでも言おうと思ってたんだよ。そしたら中井の携帯が、つながらな……」

「言い訳はいいよ。とにかく中井君には言ってないんだな」

少し冷静になった近藤に、佐藤は改めて「言ってません」と答える。

「って、どうするつもりだったんだよ、いや、待て待て。トラは何でこっちの事情を知っているんだよ。この件はタツと俺が居酒屋でだなあ」近藤が不審がる。

「だってもう会っちゃったもん」

「エッ、誰と？」

「中井と」

「いつ？」

「いや、さっき」

「さっき？　どこで？」

「トイレで」

「トイレで？　どういう意味だ！」

伊藤は先程の劇的なドラマを、淡々と語った。聞いていた佐藤も近藤も、思わず吹き出してしまった。伊藤に罪は無い。だが、佐藤と近藤は、伊藤に責任を転嫁する。伊藤にすれば濡れ衣だ。

「何やってんだよ、トラ。計画が台無しじゃないか」「その通り。どうしてくれるんだよ」二人の発言のトーンは、七割笑い、三割怒りだった。佐藤にしてみれば、自分のミスが帳消しにされるチャンスなので、ここぞとばかりに伊藤を攻撃した。しかし、治まらないのは伊藤だ。

「ふざけるな！　じゃ、何か？　俺はションベンもできないのか!?」

「まあまあ、そう怒るな。こうなっちゃったら仕方ない。今までの事はさておいて、これからどうするか考えよう」と、佐藤。

「お前が言うな！」と、伊藤。

伊藤の怒りは尤もだが、確かに今となっては、誰が中井に話を持ち込むのかという議論は無意味になった。話の主眼は、中井のプライベート問題の解決だ。

「トラが突然登場してきたって事は、中井君にしてみれば、何を話しに来たか、推測できるな」

「養育費ね」「そうそう、それそれ」佐藤も近藤も分かっている。

「優花ちゃんも、二十歳《はたち》になったか、早いもんだ」伊藤がしみじみと言う。

「先月ね。ジュニアからだから、初めて会ったのは彼女がまだ小学生の時だったよ」ベアーズオーナー近藤の発言だ。近藤は優花の成長を間近で見ている。

「貴美子ちゃん、よく頑張ったなあ。そうか、二十歳だから、丁度優花ちゃんを産んだ歳と一緒か。そう言えばクマ、元夫婦と父娘の対面の段取りはどうなってるの?」伊藤が近藤に顔を向けると、今度は近藤が青くなった。

「……」急に黙り込んだ近藤を伊藤が「ん?」と軽く覗き込んだ。

「おい、クマ!」と佐藤。自分の出番を確認したかのようなセリフの言い回しだ。

「その件については、言ってま、す、せん」近藤の態度と答え方は、先程の佐藤と全く一緒だ。

「エエエェッ! クマ、話してないの!」佐藤が超オーバーに近藤を非難するも「お前が言うな!」と伊藤が再ツッコミ。すると、「まあまあ、そう言うな。こうなっちゃったら仕方ない。今までの事はさておいて、これからどうするか考えよう」先程の佐藤のセリフを近藤がパクる。デジャヴ。流れはトリオ漫才だ。

「どうしようもねえなあ、二人とも」伊藤は呆れていた。

この時点でグダグダだ。佐藤と近藤は、先日の居酒屋会談での約束を、双方ともに反故にしている。しかし、約束をした時点で二人はかなり酩酊していたので、そもそも約束も糞も無いのであった。伊藤に攻撃された二人にも言い分があった。

「おいトラ、さっきから俺たちの事、非難してるけど、お前電話で、俺に何て言ったか覚えてるか?」

「何?」

「分かった分かった。俺が調整するから任せとけ、って言ったぞ」「おお、言った言った！　俺の電話の時もそうだ！　俺が何とかするって、確かに言った」佐藤と近藤はどちらともなく二人掛かりで伊藤に反撃する。

「何だお前ら、責任転嫁か？」伊藤は半ギレ気味だ。

だが確かに伊藤は言ったのである。佐藤も近藤も、伊藤に電話で話を持ち掛けた時は、極めて自信の無いトーンだった。人間の感情は微妙だ。友人が困っていると、何とかしてやる、助けてやるという心理に自然となるものだ。伊藤は二人とも困っているなあと気持ちを察し、咄嗟に、任せておけ、という発言になったのだ。今日の三者会談も、どちらかというと伊藤主導で、俺が乗り込む、現場で俺が何とかする、という形だった。但し大前提は、佐藤は中井に、近藤は美澄母娘に事前説明をしておく事だった。

（ダメだこりゃ）

三人共、同じ言葉が浮かんだ。そうこうしているうちに、いたずらに時間が経過していった。建設的な意見が出ず、堂々巡りがしばらく続いた。それは消去法だった。議論が出し尽くされると、誰ともなく出てきた、こんな意見でまとまった。

「個別にやっても埒が明かない。今日、関係者全員集めてしまおう！」と。

全員集合

「そうなんだ。うん、うん悪いね、急で」近藤の電話の様子を佐藤と伊藤は耳をダンボにして聞いていた。受話器から微かに貴美子の声が漏れる。滅多にない近藤の携帯からの着信に貴美子は驚いたが、用件については何となく察しが付いていた。今すぐベアーズに来て欲しい旨の無理な要求にもたじろがず、貴美子はサッサと外出の身支度を始めた。在宅だったのは幸運だ。貴美子のアパートからベアーズまでは、車で十五分と掛からない。

「今すぐ来てくれるって」近藤の言葉に佐藤と伊藤は安堵する。

時間が経過していた。九時半を回っていた。

「十時位かな？（全員集まるのは）」近藤が呟く。

テディベアのラストオーダーが十時。ベアーズのレッスン終了時刻も十時。人数的に、もうテディベアの個室には入りきれない。（全員）集合の場所は、クラブハウスに変更した。練習を終え、シャワーを浴びた中井がいた、田中がいた。本当はシャワーを浴びる必要などなかったが、時間稼ぎで近藤が勧めた。佐藤がいた、勿論先程登場した伊藤もいた。中井は、佐藤と伊藤の同時の出現に、薄っすらと、あの件か、と悟った。夏木がいた、秋山がいた、春日がいた。厳密にいうと、田中、秋山、春日の三人は本件の部外者だが、三人共残った。中井は田中を、夏木は秋山と春日を引き留めた。

「お前（たち）にも、関係のある話だから聞いておいてくれ」と。

近藤以外のフロントスタッフとアルバイトコーチは、今誰もいない。近藤と夏木がそれとなく人払いをした。スタッフも気配を察し、早々と帰路についた。あとは貴美子と優花を待つのみ。貴美子は移動中、優花は時間割最終のスクールのレッスン中だった。

無言だった。近藤、佐藤、伊藤、中井、田中、夏木、秋山、春日の八名は、一言も言葉を発せず、貴美子の到着を待つ。

十時を少し回った。最終時間帯のスクールレッスンが終わっていた。車で通うスクール生たちが駐車場に向かう。入れ違いに、貴美子が運転する軽自動車が駐車場に進入した。スクール生たちは、こんな遅い時間に何だろう、と少し疑問に思ったが、何事も無く全員帰路についた。貴美子がクラブハウスに足早に向かう。静寂が、普段はあり得ない貴美子の足音さえ拾った。一歩一歩、貴美子がクラブハウスに近づく距離感が、待機する全員に伝わっていた。

「お待たせしました」

八×二、合計十六個の男の眼が、一斉に入り口付近の貴美子に集中した。時間が止まった。この後、このクラブハウスでは、何度も何度も時間が停止する事態が発生するが、この時が大きな第一回目だ。全員で協力して止めた時間だが、源は、何といっても中井と貴美子だった。二人が見つめ合う。その見つめ合う二人を残りの七名が見つめた。

中井との視線を外し、貴美子が周囲を見渡した。集合した面子を確認し、一瞬でその事態を把握した。（ああ、こういう事ね）と。

中井は貴美子と再会の瞬間から、その後心臓の鼓動が尋常でなかった。動揺した中井はその後この会合において、全く気の利いたコメントを発する事ができない。概してその他の男連中も、似たり寄ったりの意気地の無い奴ばかりだった。いざという時には女の方が肝が据わっている。貴美子はこの後、あっという間に、この場を仕切る事になる。

「皆様、お集まりですか？」と貴美子。

「あと一人、優花、いや、美澄コーチをお待ちしてます」と近藤。

貴美子が無言で小さく頷く。中井を真正面に見据え、静かに、落ち着いて、澱みのない滑舌で、ハッキリとした口調でこう言った。他の男達には目もくれず。

「こんばんは、お久しぶりです。お元気でしたか？」

中井は？　中井はもうダメだ。早くも失語症の様になっている。その様を皆に見られた。このやり取りだけで、二人が過去どんな関係だったのか、どちらに主導権があるのか、一発で推察できた。

「近藤オーナー」と貴美子。

「はいっ!?」近藤が、ビクッとして返事する。二人の年齢差は二十歳以上だ。

「今日の件は、皆様にどの程度御説明されているんですか？」

「いえ、全く（説明していません）」

「では、優花の事も（説明していないんですね）」

「はい」

「優花自身にも（何も説明していないんですね）」

「はい」消え入りそうな、か細い声だ。近藤が、一応続ける。

「美澄コーチ、只今レッスン中、あっ、終わったか。間もなくこちらに来られると思います」

最後の1《ワン》パーツ「美澄優花」待ちとなった。間が持たず、また、一同沈黙となる。下手な発言が許されない雰囲気だ。勇気の無い、どいつもこいつも根性無し野郎ばかりだった。貴美子が場を取りなす。貴美子が切り出す。

「私の方から、御説明しましょうか？」

（いえいえ、そこまでは）と、近藤が、ジェスチャーで意思表示したその時だった。優花がレッスンを終え、コートからクラブハウスに戻ってきた。ドアが開く。視線が集中する。

「!? !? !?」優花。当然の反応だ。本日二回目の時間停止。

知らないおじさんが何人かいる。でも、まずは貴美子だ。お母さんが何故かここにいる。

「お母さん！」

優花の呼び掛けに、言葉は発しないけれど、貴美子が笑顔で答えた。何が何だか分からないけれど、頼りになるのはやっぱり貴美子だ。次に発声するのは、

「な、なに？」当然の疑問だ。

貴美子が仕切る。いつもの様に優しい口調で、大仰にならず、普通のトーンで。

「レッスンお疲れ様。ここに集まっていただいている、皆様の顔、分かる？」

（エ、エッ？）優花はそう言われて、慌てて皆の顔を見渡し、無言で心の中で確認した。

（うちのスタッフ、オーナー・夏木ヘッド・秋山コーチ・ハル〈春日はここでもハルだ〉。お客さ

ん、中井？さん？〈うわっ嫌な人〉・田中さん〈田中さん!?　えっ何でここにいるの？〉あと二人？オーナーと同年代みたいだけど、誰だろう、ええ、分かんない）。全員を確認するのにかなり時間が掛かった。確認作業をしている事は、皆に伝わった。男共は、皆間抜け面で、その作業が終了するのを待った。

「ゆう、美澄コーチ、あのな」近藤は一応倶楽部のオーナーとして、司会の立場を取るつもりだったが、気持ちが追いつかない。しどろもどろだ。

「いえ、オーナー、私の方から御説明いたします」と、貴美子。

男共は、相変わらずだらしがない。「いや、俺が説明するよ」と、立候補するものは、誰もいなかった。貴美子が続ける。ここからは、貴美子の独壇場だ。

「優花。驚かせちゃってゴメンね。今日の集まりは、言ってみれば優花の成人式の様なものなの。あなた、先月二十歳《はたち》になったでしょう。ここまで来れたのは、いままで色々な方々にお世話になってきたから。で、今日はそのお世話になった方々のお披露目。顔を見て、勿論優花が分かる方もいらしゃったけれど、初対面の方もお見えになっているから、お母さんから紹介するね」

（う、うん）と、言葉は発しないが、優花は大きく頷いた。

「先ず最初に、こちら『伊藤虎雄』さん」伊藤が優花に小さく会釈する。優花も戸惑いながら会釈。

「慶聖大学の教授で、テニス部の顧問をしていらっしゃいます。優花には黙っていたけど、お母さん、実はテニス部だったのよ。一年ちょっとしか（テニスが）できなかったけど、その時とてもお世話になったの」

貴美子は慶聖短期大学看護科卒業だ。テニス部については、四年制も短期も関係無い。貴美子はここに在籍していた。優花は、貴美子がテニスをしていた事は初耳だったが、短期大学で、同好会程度の、緩いものだろうと推測したので、それ程の衝撃ではなかった。伊藤に対しては、一応（ああ、そうですか）という態度を取ったが、貴美子の説明は腑に落ちなかった。高々一年程度で、そんなに深い付き合いになるものなのかなあ？と。優花の疑問に構わず、貴美子が続ける。

「こちら、キャプソン株式会社の『佐藤龍義』さん。大きい会社の部長さんよ」会釈の流れは伊藤と同じだ。

優花は（それだけかい！）と、心の中で突っ込んでいた。キャプソンという、超でっかい会社の事は知っている。だが、どうしてそれが私と関係あるのか、明らかに説明不足であると感じていた。優花の不満を他所に、貴美子のプレゼンは進む。

「伊藤さんと佐藤さんとオーナーは、同級生。慶聖大学時代同じテニス部で、当時のテニス部の中心選手だったの。お互いにライバルでもあったんだけど、三人お友達同士で。オーナーは、小学生からのお付き合いでしょ。佐藤さんと伊藤さんは（あなたには言ってなかったけど）あなたが幼い頃から、ううん、もっと言うとあなたが生まれる前からお世話になってたの」

「？.？.？.」優花は言葉を発しなかった。（そうなんですか！　それは大変お世話になりました）とは、到底言う気になれなかった。事前情報が少なすぎる。伊藤と佐藤には、あるいは失礼な態度を取っているかもしれない。だが、今のところは得体のしれないオジサンに、気持ちの込もっていない感謝の意を伝える気は無かった。

母娘である。貴美子は優花の気持ちが手に取る様に分かった。

「ピンとこないわよね。いいわ、追々ゆっくり説明するから。それよりも今日は、丁度いい機会だから、スタッフの皆様にもご挨拶しましょう。オーナーはちょくちょくお会いしているから（省略して）、あ、夏木ヘッド、いつも娘がお世話になっております。秋山コーチ、ハルさん（ここでも春日はハルだった）いつも優花がご迷惑をお掛けしております」

「ハル、いえ、春日コーチ」

「ハイッ？」いきなり振られた春日は声が裏返った。

「（優花がいつも）生意気ばっかり言ってるでしょう。ごめんなさいね。先輩なんだから『カスガさん』って呼びなさいって、言ってるんですけど、家ではあなたの事、呼び捨てなのよ。でも、何でも話す事ができるのは、春日さんだけみたいです」

「いえ、僕の前でも呼び捨てですよ。お母さまだってそうじゃないですか」ここで初めて笑いが起きた。春日の返しで、一気に場が和む。秋山は悔しかった、そして羨ましかった。

貴美子が田中に眼を遣った。当然田中とは初対面だ。

「ええっと、こちら……」

スムーズな人物紹介がここで初めて閊《つっか》えた。優花の出番だ。

（はいはい、あとは私が紹介しますよ。お母さん、ちょっと黙ってて）

「あ、こちら田中さん。前期まで私が担当の生徒さん。初心者なんだけど、凄いショットを打つのよ。で、私ではもう指導できないから、今期から正会員に変更していただいたの」優花は、田中がもはや手に負えない事を、正直に告白した。

（で、もうお一方が、中井さん〈嫌なお客なんだけど〉って、仰るんだけど）と、イメージしたところでふと思った。（あれっ？　何で田中さんと中井さんがいるんだろう？　どうやら今日の会合は、私とお母さんが昔〈から現在に至るまで〉お世話になった方々の集いみたいなんだけど、田中さんと中井さんはそのカテゴリーでいえば、関係無いんじゃないかしら？）と。優花はその整理ができていなかったが、田中を紹介して中井を紹介しないのは不自然なので、流れで中井も紹介してしまおう、と判断した。

判断に従って、

「それから、こちら……」とまで言いかけた優花に、貴美子が被せた。偶然ではなく、タイミングを見計らって、ハッキリと意思を持って、被せた。全員に響く声量だった。

「中井さん、ね」

（!?、!?、!?　え、えっ、どうして中井さんって、名前を知ってるの？　田中さんの事は時々家で話した事はあったけど、中井さんの事は一言も喋ってない。何故？　どうして？）

「あなたのお父さんよ！」

交通整理

全員が集合した八日後。日曜日の夜九時過ぎ。ベアーズテニスクラブの照明器具はすべて消灯され、コート上には、誰もいなくなった。辺りが真っ暗になる中、クラブハウスの一室のみが煌々と照らされていた。室内に残っているのは、秋山と春日。二人は、コンビニから、大量のおにぎり・カップ麺・スナック菓子・缶酎ハイ等を持ち込んだ。クラブハウスにアルコール類を持ち込むのは原則禁止だが、二人は今晩しかないと決行した。

ほとんどのテニス倶楽部は、土曜日曜は通常営業で、代わりの休日は月曜、あるいは火曜に設定する事が多い。ベアーズテニスクラブは基本年中無休だが、コート整備と称して定期的に休日を設定していた。明日の月曜は、その数少ない休館日であった。

「よし、今日はガッツリ飲むぞ！」「おお！」どちらともなく、掛け声が上がり、二人の宴が始まった。

「登場人物が多すぎて、未だに理解できないよ。ハル、交通整理してくれ」

「ああ、いいよ」

「とにかくあの中で、中井が中心人物って事だけは分かる。そこからだ」

「中井、さん、な」

「分かった分かった、全員に敬称を付けるから、教えてくれよ」

「うん」

今、ベアーズは大混乱だ。秋山にとっては（勿論その他全員）インパクトが強烈過ぎて、登場人物の立ち位置、時系列、各々の関係性について、当日のみの情報では把握できなかった。人付き合いの下手な秋山はその解決に向け、芸能リポーター張りに情報収集に長けている春日に救いの手を求めた。春日の不思議な魅力は、他の人には到底話せない様なプライベートな秘密を何故か導き出してしまう事だった。但し、これは諸刃の剣だった。春日に喋ってしまったという事は、あっという間にその情報が駄々洩れしてしまう事も、同時に意味していた。テレビ芸能リポーター春日と、一般視聴者代表秋山の、勉強会が始まった。

「先ず、中井さんと貴美子さんな。この二人が『元』夫婦だ。で、優花がこの娘」

「うん。それは分かる」

「それで、何で二人が離婚したかというと」

「その前に『結婚』な」

「あ、そうか。二人の結婚の馴れ初めは、だな、学生結婚だ」

「学生結婚？」

「そう、学生結婚。中井さんが三年の二十一歳、貴美子さんが短大二年の二十歳の時だ」

「慶聖大学時代か」

「そう、ここまではよくある話。当時中井さんはテニス部のスター。貴美子さんはその追っかけだ」

「うん、うん」

「さらによくある話なんだけど、貴美子さん、優花を身籠っちゃったんだよ」

「中井が犯っちゃっ、中井、さん、と、貴美子さんが愛し合ったたって事か」秋山は、どうしても「さん」付けできない。この場合、内容が内容だけに尚更だ。

「犯っちゃったって、下品な事言うな！　だけど、まあ、そういう事だ」

「言ってない」

「まあ、いいや。で、取り敢えず、仕方なく結婚した」

「できちゃった婚、な」

「最近はできちゃった婚、って言わないいんだよ。授かり婚、ん？　待て、授かった訳じゃないから、アキの言う通り、やっぱりできちゃった婚、か？」

「どっちでもいいよ。で、何で離婚した」

「ビートルズの『ジョン・レノン』って知ってる？」

「何だよいきなり、それが中井さんと貴美子さんと、どういう関係があるんだよ」

「だから、知ってるのかって聞いてるの！」

「知ってるよ、それぐらい」

「ジョン・レノンの嫁さんと言えば？」

「『ヨーコ・オノ』だ」

「正解。じゃ、その前は？」

「え？　ジョン・レノンって、小野洋子以外にも結婚してるの？」

「だろ。世間のイメージは、ジョンとヨーコでワンペアで、大体知ってるのはそこまでだ。ジョンが若い頃、まだ有名になる前に結婚歴があって、しかもガキまでいるってのは知らないだろ」

「知らない、知らない」

「そういう事！」

「そういう事って、どういう事？」

「アキも勘が悪いなあ。中井さんはスターって言ったろ。しかも当時はスポンサーも付いてる。まずいんだよ、そういうスキャンダルは」

「なるほど！」

「で、貴美子さんが身を引く形で、中井さんと距離を置いた。つまり、慶聖大学テニス部を辞めた。だけど距離を置いただけで、この時点ではまだ正式に離婚はしていない」

「うん、うん」

「離婚しなかったというのはだな、今となってはバッドエンドだけど、ハッピーエンドになる可能性もあった訳だ」

「どういう事？」

「覚えてるか？　あの時来てた、キャプソンの佐藤さんって人」

「うん、薄っすらと。オーナーと同級生だろ。そうなんだよ。俺としては何でキャプソンの偉い人があの場にいたのか、イマイチ理解できないんだ」

「佐藤さんは簡単に言うと、中井さんの広報だ。宣伝担当だ。東京オープンは知ってるだろ」

「おい、馬鹿にすんな。日本で開かれる一番大きい大会じゃないか」

「そのスポンサーがキャプソンで、その裏方さんが佐藤さんなんだよ」

「アッ！」

「続けるぞ。佐藤さんのシナリオはこうだ。中井さんが優勝する、プロになる、プロで成功する、貴美子さんの事がバレる」

「バレちゃまずいんじゃないの？」

「いや、いいんだ。中井さんが成功してくれさえすれば。貴美子さんは陰から支えた功労者。結局勝てば官軍。上手くいけば何だって美談になっちゃうんだよ」

「ジョン・レノン！」

「そういう事！　ジョン・レノンの場合は成功した。でも」

「中井はドロップアウトした」

「その通り！」

　すっかり先生春日、生徒秋山になっている。だが秋山が春日を講師に選任したのは正解だ。秋山には、こういったゴシップの収集能力は無い。一度にすべてを学ぶ為には、最も手っ取り早い方法だった。秋山は結局、中井を呼び捨てだ。二人ともアルコールが入っている。春日も呼び方については、自分自身も覚束無くなってきているので、もうどうでもよくなった。

「で、上手くいかなかった。ここは（さすがの）俺も詳しくは分からないんだけど、中井さん、東京オープンで、どうも酷い負け方をしたらしいんだよ」

「酷い負け方？」

「うん、酷い負け方。それで表舞台から姿を消した。何もかもダメになった。それで貴美子さんとも離婚した」

「結局、離婚原因は何なんだよ」

「そこまでは知らないよ。離婚するのに理由は一つや二つじゃないだろ」

「まあ、確かにそうだ。中井と貴美子さん、それから優花の事はまたあとで聞く。その前に中井のテニスの事だけど、酷い負け方って、東京オープンでどこまで行った（勝ち進んだ）んだ」

「決勝」

「決勝!?」

「そう、決勝。中井さんは準優勝だ」

「待て待て、東京オープンっていったら、めちゃめちゃ大きい大会だぞ。それで準優勝って、うちのメンバーじゃ、太刀打ちできないはずだわ」

一呼吸おいて、秋山が続ける。

「東京オープンだったら、ネットで過去の戦績が全部出てる。それで分かるはず」

「見てみな」

秋山が携帯で、早速調べる。「東京オープン」一発で検索できた。

「あった！　東京オープン第一回、優勝ジョン・スミス、準優勝エミール・カラス」第二回目以降から現在に至るまで全部調べたが、中井の「な」の字さえ無い。

「無い、無いぞ。ハル、お前、本当の事言ってんのか？」

「本当だよ、嘘は言ってない。中井さんの出場した大会は、第0回《ゼロ》だ」

「ゼロ回？」

春日は、東京オープンの歴史、成り立ち、スポンサーの事など、事細かに説明した。秋山がどストレートの質問をする。

「ハルは何で、そんな事まで知ってるの？」

春日も直球で返した。

「ナツから、夏木ヘッドから全部聞いた」

「夏木ヘッドから⁉」夏木の突然の登場に、秋山は思考をフル回転させる。冒頭、秋山自身が語った、多すぎる登場人物の一人が夏木だ。（何で夏木ヘッドが出てくるんだ？　夏木・中井、夏木・中井、夏木・中井）

「ハッ！」秋山が声にならない驚きと、気付きの声を上げる。

「気付いた？　思い出した？」春日。

「あ、あ、あの時の！」そう、あの時だ。中井が初めてベアーズに入館した時の、あの時の夏木の動揺だ。

「覚えてる？　あの時夏木ヘッドが、ちょっとした知り合い、って言ったの」

「勿論覚えてる。その後しばらくして夏木ヘッドに、中井とどういう関係なんですかって、詰問しそうになった」

「ヘッドらしい言い方なんだけど、夏木ヘッドと中井さんは、かつて一度公式に対戦してるんだよ。

それを称して『知り合い』って表現した」

「うちのヘッドと中井が対戦してる!?　いつ？　何の大会で？」

「東京オープン、第ゼロ回大会」

「エッ？」

「三回戦で当たってる。中井さんにしてみれば二試合目、当然ヘッドは三試合目だ」

「三回戦？　って事は、両方とも勝ち上がってきているって訳か。結果は？　いや、中井が準優勝してるんだから、ヘッドの負けか、じゃ、内容は？」

「ヘッドのボロ負け」

「エ、エッ！　嘘！」

「本当だよ。本人から聞いたんだから間違いない」

「……………」秋山は青ざめた。テニスの実力は、対戦してみるとハッキリと分かる。秋山は、自分の力に少なからず自信を持っているが、夏木のそれには全く及ばない事は、常日頃のコート上の触れ合いで、嫌という程、実感させられてきた。その夏木が中井にボロ負け、完敗。言葉が出ない。春日が、失意の秋山に追い打ちをかける。

「ヘッドのアキレス腱の事は知ってるよな」

「勿論だ。両足とも断裂して、必死のリハビリで今の位置がある。俺は本人の目の前じゃ、恥ずかしくて言えないけれど、心の底から尊敬しているよ。ベアーズに在籍し続けているのも、夏木ヘッドがいるからだ」秋山が、感情を露にする。少し涙ぐんでもいた。

「俺もだ！」珍しく感情を露にした秋山につられ、春日も涙ぐむ。

「だけどなあ」春日が続けた。

「ん？」

「アキレス腱断裂の遠因は、中井さんなんだ」

「何だって！」

「いいか、聞けよ。これは、直接ヘッドから聞いた話だ。俺もショックだったけど、夏木ヘッド、すべて包み隠さず話してくれた」

「分かった」

「中井さんのプレースタイル、イメージできる？」

「ああ、強打ができない訳じゃないけど、どちらかというと、感覚重視というか、タッチ重視というか、タイプでいうと『マッケンロー』だな」

「相手をおちょくる様な」

「ああ、そういう感じだ」

「ヘッドもそれでやられた。揺さぶりだ」

「？？　具体的に言ってくれ」

「ああ、ヘッドの言葉を借りると、前後左右、高低、角度、球種、タイミング、全部狂わされたそうだ。つまり、ドロップショット、ロブ、ショートクロス、ダウンザライン、スピン、スライス」

「直接対戦した訳じゃないけど、ヘッドはどちらかというと正統派テニスだ」

「ああ、俺もそう思う。それがボロボロに、ズタズタにされた。一番堪えたのは、やっぱり前後。試合終盤になってくると、細かいステップが踏めなくなってくる。肉体は勿論だけど、精神的に参っちゃうらしい。最後の方はもう、やけくそだった、って」

「それで？」

「それで、やっちゃったらしいんだ。アキレス腱を」

「その時、断裂？」

「いや、中井さんの試合では大丈夫だったんだけど、完治しないまま次の大会で」

夏木は最初、右足を断裂。リハビリ後、コートに戻ったが、庇う左足に負荷が掛かり、今度は左足のアキレス腱を断裂した。完治（真の意味では、未だに完治していない）に二年掛かった。大学生活を棒に振った。

「中井さんに敗れて思ったそうなんだ。凄い天才がいるって。こいつなら絶対世界に出て行けるって。そうしたら、中井さんの惨敗だ。でも、あいつなら、必ず帰ってくるって。そう信じてリハビリに励んだそうだ。だけどいつまで経っても中井さんは戻ってこない。それどころか消息さえ掴めない。でも、テニスへの思いは断ち切れない。夏木ヘッド、なんか寂しそうにこうポツリと言ったよ。『気が付いたら四十歳だよ、俺はずうーっと中井の幻影を追いかけていた』と」

「あっ、あ、あっ！」

オセロゲーム。秋山は、空いていた端のマスに自分の石を打ち込む事が、今、できた。石が次々に裏返っていく。今までは曇りガラスだった。反対側にされたコマは、無色透明。見える、見える。すべてがクリアに見える。あの時の夏木の反応、あの時の夏木の声質、その後の中井への異常ともいえる拘り。今、疑問だった事すべてに合点がいく。春日は、秋山の興奮が何を意味しているかがすぐ分かったが、その熱が冷めるまで、しばらく発言を控えた。

秋山は、ひと段落を付ける為、缶酎ハイを一缶一気に飲み干し、春日講師の講演内容を整理する。酔うどころかますます頭が冴えてきた。確かに中井と夏木ヘッドの関係は分かった。だが疑問点は、まだまだ沢山ある。秋山の素直な質問攻めはまだ続く。

「凄い偶然だな」率直な感想だった。

「偶然じゃない」

「偶然じゃない？」

「そう、偶然じゃない。こんな奇跡がある訳ないだろ。大人たちが、陰で、いや、陰はよくないか。裏でいろいろ動いてたんだよ」

「大人たち？　陰？　裏？」

繰り返すが、秋山は、こういった人間関係の機微には、鈍感で疎い。

「ここで、佐藤さん。キャプソンの佐藤さんの再登場だ」

「佐藤さん？　あ、キャプソンのお偉いさん」

「そう、佐藤さん。いいか、佐藤さんの立ち位置は、オーナーと親友、かつ、中井さんの上司、つまり中井さんの一番傍にいた人だ」

「うん、うん」

「中井さんはキャプソンで腐ってた。佐藤さんはいつか中井さんをカムバックさせたいと思ってた。取山工場に二人揃って赴任した、って、これも佐藤さんの力業なんだけどね。取山市には、近藤熊吉がオーナーのベアーズテニス倶楽部がある」

「うん、うん、それで」

「それで中井さんの復帰までの練習場所として、うちを設定した訳だ」

「夏木ヘッドがいるって知らなくて？　やっぱり凄い偶然じゃないか」

「だから偶然じゃないって。うちのヘッドは、ややこしいけど、オーナーに『ヘッドハンティング』されたんだ。佐藤さんは第ゼロ回東京オープンで、夏木ヘッド、当時は夏木選手な。その夏木選手に光るものを見出していた。中井さんに敗れた後も気になる。普通はすぐ忘れ去られちゃうけど、あの怪我だろ。その後のリハビリ、復帰（夏木は復帰後、何大会か国内のトーナメントにチャレンジしている）を見て、凄い根性の選手だって思った」

「うん、うん」

「でも大怪我を負った選手が、トーナメントで勝てる程、現実はそんなに甘くない。夏木選手は競技を断念して、フリーのコーチに転向した。フリーのコーチは経済的に不安定だ。佐藤さんは、そんな夏木コーチを放っておけない。俺の友人でテニス倶楽部を経営してる奴がいる」

「そこで佐藤さんに紹介されたオーナーが、夏木ヘッドを誘った」

「うん、オーナー、一発で夏木ヘッドの人柄に惚れたらしい。三顧の礼をもって、ベアーズに迎え入れた」

「それで、現在に至るって訳か」

「うん、でも話はこれで終わりじゃない。佐藤さんは長期的な、いってみれば中井再生プロジェクトみたいな構想があった。いつか、中井と夏木を再会させよう、ぶつけてみようって」

「それがあの日か」

「そう、それであの日」

「話を聞いてやっと分かったよ。あの日のヘッドの驚き様ったら、半端じゃなかった」

「でもその事をヘッドに話したら、ヘッド、自虐的に笑いながら言ってたな。『中井の奴、俺の事なんか全然覚えてなかったよ』って」

「現実はそんなもんかな？　随分前に高校の同窓会に出席したけど、俺の事ぶん殴ったセンコーに、恨み節ぶつけてやったら、本人、全く記憶に無いって」

「あはは、そんなもんだろ。実はヘッドに言ったんだ。『俺のアキレス腱どうしてくれる！』って言えば良かったのに、って。そう言ったら『馬鹿野郎！』って叱られた。今、ヘッドは、怒りも恨みも無いって」

二人は笑いに包まれる。秋山がまたポツリと、

「それにしてもハルは、なんでそこまで知ってるの？」本日、二回目の同じ質問だ。「だってオーナー本人から聞いたもの」

「エエッ！　オーナーから！」

ここまでくると、春日の情報収集能力はアッパレというしかない。年上であろうと、年下であろう

と、男であろうと、女であろうと、何故か春日には、皆、心を開いてしまうのであった。

交通整理は七~八割できてきた。あとはもう一人の知らないオッサン『伊藤虎雄』の存在だ。

「ハル、あともう一人。伊藤さんについて教えてくれ」

「うん。伊藤さんについては、中井さんが慶聖大学時代限定の話だけど、いい?」

「全然オッケーだよ。頼む!」

「よしっ、まあ伊藤さんは、中井さんと貴美子さんの、仲人みたいなもんだな」

「仲人?」

「そう、仲人。オーナー、佐藤さん、伊藤さん。この三人で、学生時代の、生《なま》の二人を知っているのは伊藤さんだけだ」

「ああ、テニス部顧問、っていってたな」

「その頃の二人は十九、二十、二十一歳ぐらいのやりたい盛りだ」

「やめろ! ハルがそんな下品な事を言うな、って言ったんだぞ」

「そうだっけ。でも他に表現の仕様が無い」

「うん、まあ、そうだな」

「中井さんと貴美子さんも例外じゃない。本人たちは隠してるつもりでも、周りには全部分かっちゃう。要するに、イチャイチャしてたんだよ」

「まあ、しょうがないよね」

「伊藤さん。テニス部伊藤顧問は、そんな歴代カップルを何組も見てる訳だよ」

「うん、うん」

「先程も言ったけど、二人はハッピーエンドにはならなかった。こういうカップルを何組も見てきている。学生時代の、甘酸っぱい思い出に留めて置いてもらう分にはいいんだけど、中井さんの場合は結婚もしてしまった、離婚もしてしまった、しかも子供までいる」

「優花、ね」

「そう、優花（ちゃん）まで産んでしまった。だけど、こういうケースは他にもあるんだそうだ」

「若気の至りってやつか」

「その通り。だけど、別れた後が、現実は悲惨なんだそうだ。親権をどっちが持つとか。母親が持つ場合が多いんだけど、中井さんの場合も親権は貴美子さんが持った」

「うん、優花、小学生の頃から貴美子さんが送り迎えしてた。仲のいい母子だ」

「いきなりだけど、母親一人の稼ぎで、優花を学校に通わせて、テニスのレッスン受けさせて、そんな事できると思う？」

「養育費か！」勘の悪い秋山も、さすがにこれには気が付いた。

「分かった？　もういいかな、これ以上説明しないで」

「いや、最後まで教えてくれ」

「その段取りをしたのが伊藤さんだよ。伊藤さんは部内カップルの悲惨な末路を、嫌って程見てきた。二人にはそうなって欲しくなかった。恥を忍んで、スポンサーのキャプソンにお世話になれって進めたのが、伊藤さんだ」

「なるほど。でも中井としてみりゃ、カッコ悪いよな。キャプソンなり、伊藤さんなり、おんぶにだっこだ」

「これが現実だよ。中井さん『あなた達のお世話にはなりません。僕は独立します。養育費は自分の力で払います』とは言えなかった」

「確かに。大企業のキャプソンにいる分には、金銭的には安泰だよな」

「そうはいっても、中井さん、負い目がある。腐るのも分からないでもない」

「中井の態度の悪さは、長年の蓄積って訳か」

「その長年の蓄積が大きく一段落したんだよ」

「どういう事？」

「優花が成人した。一応、法律的には、養育費から解放される」

「な、る、ほ、どー、いや、待てハル。まだ疑問が残るぞ。中井は優花に気付いていなかったのかなあ？」

「オーナーからの又聞きだけど、幼少期の頃一回会って、それっきりらしい。せいぜい三十分とか一時間程度だから、優花の方にしてみても、今の中井さんは知らない、ああ、難しい表現だな、テニスクラブのお客さんとしての中井さんは知ってるけど、知らないおじさんだ」

「それは分かる。俺が言ってるのは、中井が優花に気付かなかったのか、って事」

「それが気付かなかったんだよ。そこら辺は、中井さん、無頓着だな。ヘッドとか、アキとか、俺とかフロントに写真付きのスタッフ案内があれば別だけど、うちの場合は未成年は顔写真を出さない決まりだからな」

「出したところで同じだろう。顔を見ても分からないんだから」

「いや、面影とか（で分かるかもしれない）。中井さんが優花に反応したのは『美澄』って苗字だ。田中さんの事を教えるのに『美澄』に異常に反応してた」

「そうか、そうだろう。中井も何か感じるはずだ。で、ハル、優花のクラスに案内したんだろう」

「いや、その時間、俺はレッスンだから、同行はしていないんだよ」

「おかしいじゃないか、その時中井は初級クラスを見てる。だから優花も見てるはずだ。気が付かないものか？」

「あっ！」

確かに秋山の言う通りだ。優花に気付いても良さそうなものだった。だがその時の中井には、田中の事しか目に入っていなかった。それ程田中は、中井にとって魅力的に映ったのである。

「まあ、いいや。今となっちゃ、そんな大きな問題じゃない」

「ゴメン、アキ、確かにその通りだ」

「つまり、貴美子さんがここ取山に引っ越してきたのも、優花がベアーズに入ったのも、偶然じゃない、って事だな」

「うん、大人が裏で動いてた。いつか、どこかで必ず再会させよう、って」

「話を聞いて、総合的に判断すると、大人、つまりオーナー、佐藤さん、伊藤さんの計画自体は悪くないと思う。でもあの日の再会のさせ方は無いぞ。もう少し根回しというか、徐々にというか、段階を経るべきだ。優花が可哀想だよ。あいつの顔、見たか？」

「見た」

「人間って、あまりにもビックリし過ぎちゃうと、却って無反応になっちゃうんだな」

「そうそう。ドラマとか映画なら、あそこで効果的なＢＧＭが流れるんだろうけど、実際は無音。優花、涙無し、声無し、感情無し」

「あれは無茶だ。あの一瞬ですべてを把握しろ、ってのには無理がある」

「ああ、あれは周りの大人が悪い。可哀想に、優花の奴、あれから寝込んじゃって」

「アハハ。オーバーだよ。まあ、優花の事だから、さすがに本当に寝込んでる訳じゃないだろうけど、ショックはショックだよな」

美澄優花はあの日から、一週間クラブを休んでいる。勿論レッスンどころではない。

「心配だ」二人の声がシンクロした。長い宴も終わりを迎えようとしていた。

「ハル、ありがとう。よく理解できたよ。交通整理してもらったけど、この渋滞は偶然じゃないって事だな」

「うん、偶然じゃない。各々の行き先はハッキリしてるんだけど、信号機が故障した交差点に全員突っ込んじゃった。だからあの日は多重事故になった」

二人とも酔ってはいないが、お酒のお陰でいい気分になっていた。一人だけ忘れている人がいた。秋山が最後の質問をした。上機嫌だ。

「おおっ！　忘れてた。田中、さん、だっけ？　この人も偶然じゃないな！　実は中井を慕って、どっかから付いて来たんじゃないの。アハハ！」

春日も上機嫌だったが、最後の答えの時だけは素面《しらふ》に戻った。大真面目だった。

「いや、違う！　違うんだ！」

「エッ？」

「田中さんは、田中さんだけは、偶然なんだよ！」

その後その前その時

（私、辞めます）。近藤はこの一週間、この言葉に悩まされていた。誰に強いられたものでもない。自分自身が勝手に作り出した、幻聴である。美澄優花がベアーズを休んで一週間が経った。小学生の頃から通い続けたベアーズ。体調が悪くとも、多少の怪我でも、優花は今まで一度も練習を休んだ事は無かった。その優花がもう一週間顔を見せていない。この異常事態に、近藤は責任を感じていた。近藤は、優花がベアーズを辞めるのではないか？　それどころかテニスそのものすら辞めてしまうのではないかと危惧していた。その優花から昨日やっと、明日出勤する旨の連絡があった。

ベアーズ休館明けの火曜日。クラブハウス内のオーナー室。会社でいえば社長室に、優花が赴いた。

近藤はドキドキが止まらない。

「オーナー！」

「ハイッ！」近藤がビクッとして返事する。全員集合して、貴美子に呼ばれた時と同じだ。今度は二人の年齢差は四十歳以上だ。何を言う、優花？

「私……」

全員が集合し、中井元夫妻と中井父娘が再会を果たした当日の一時間後、夜十一時頃、ベアーズテニス倶楽部、クラブハウス出口。

結婚式でもいい、同窓会でもいい、会社の忘年会でもいいし、あるいは合コンでもいい。一次会があれば必ず二次会がある。強制で出席せざるを得なかった一次会とは違い、二次会は自由参加だ。二次会は、嫌いな奴、苦手な奴に付き合う必要は無い。一次会終了の段階で、次の二次会は何処に行くのか、誰と行くのか、最初から決まっているグループ、決まっていない人間が入り乱れ、一次会会場の出口でグズグズしている光景はよく目にする。

全員集合した、その日のベアーズも同じだった。集合した合計十名は、最初三つのグループに分かれた。倶楽部オーナー近藤、佐藤、伊藤の「三藤」とヘッド夏木の四名、中井元夫妻と優花の三名、そして、部外者の秋山、春日、田中の三名、計三グループである。オーナーグループと中井ファミリーグループは、反省点や、今後を話し合わなければならないので、各々が塊になるのは必然だった。

その様子を察して、部外者グループが先ず意思表示をした。「それでは私たちは関係ないので、これで失礼します」と。二次会の参加不参加には様々なスタイルがある。最初から二次会に参加する意思の無い人間。二次会に参加する気マンマンだが、誘ってくれる人間がいないので、一次会会場の出口でそれとなく自分をアピールしている人間。帰る気だが、周りが放って置かないので帰りたくても帰れない人間。その三種類だ。

最初に秋山。秋山は？　帰った。本当に帰った。秋山は、馬鹿正直に帰宅した。修学旅行や夏キャンプで、昼間、神社仏閣を真剣に見学したり、薪拾いや夕飯作りに奔走したりして、就寝時間にはキッチリ熟睡しているのがこのタイプだ。次の日の朝、何組かカップルが成立しているが、この種の人間は、どうして二人が仲よくなったのかさっぱり分からない。それでもカップルを認識すればまだましだが、カップルの存在すらも気付かない「鈍」の強者もいる。秋山はこのタイプだった。

次に春日。春日は一度帰る素振りを見せたが、結局中々帰らなかった。だが、まさか中井ファミリーの輪に加わる訳にはいかないので、オーナーグループの近くをウロウロしていた。オーナーグループはこの後近藤宅（倶楽部に隣接）で、じっくり反省会をするつもりでいた。「春日君も寄っていくか？」近藤が声を掛ける。他のメンバーは、最初訝しげな表情を見せたが「いいんですか？　いやあ申し訳ない」という、いつもの憎めない対応に（しょうがねぇなぁ）というスタンスで受け入れた。夏木は複雑な心境だったが（やっぱり、こいつがいた方がいいか）と気持ちを切り替えた。結果正解だった。聞き上手の春日の前にメンバーは盛り上がり、その舌は滑らかに、その口は流暢になる。お酒の力も手伝って、メンバーは積年の各々の、とっておきの秘密話を暴露してしまう。春日はたった一晩で、そのすべてを自分のネタ帳に仕舞い込む事に成功していた。

最後に田中。田中は？　帰るつもりだった。田中は自分が、部外者中の部外者である事を自覚していた。何なら一次会の出席すら、場違いと感じていた。春日の二次会参加やる気マンマンに対して、田中は帰る気マンマンだった。この気まずい雰囲気から、一刻も早く逃げ出したかった。田中は「帰ります！　帰ります！」を連呼した。そのたびに中井が「いいから、いいから！」と言って田中を引き留めた。

中井元夫妻と優花は、このあと貴美子と優花の、つまり母娘が同居するアパートで、家族会議の予定だった。中井の心中は（あるいは優花も）嫌で嫌で仕様が無かったが、今晩は逃げる訳にはいかない。中井はこの家族会議に、田中を同席させる事を強要してきた。田中は、ノー！　絶対にノー！だった。「何言ってるんですか！　俺には関係無いでしょう！」当然の拒否だ。「まあまあ、いいからいいから。一緒に来てよ」中井は再度懇願する。「勘弁してくださいよ！　俺は帰りますから！」田中に残る理由は無かった。「頼む！　頼むから一緒に来てくれ！」中井は必死だ。「……」無言の田中。あの憎たらしい、太々しい態度の中井は何処に行ったのか。上から目線の真逆、まさしく下から目線の中井が目の前にいた。国語のテストで「縋る」を使って例文を作りなさい、という問題があったら、まさしくこの状況だ。

中井は縋る様な目で、田中に訴え掛けていた。田中は非常に困惑したが、結論は最初から出ている。「中井さん、申し訳ないけど、同席するのは断るよ！」田中には珍しく、非情、強い口調、タメ口、言いきり、で、ハッキリと意思表示をした。土台無茶苦茶な要望なのだ。一般社会人として、田中の判断は絶対的に正しい。中井は観念した。下を向き、先生に怒られた中学生の様にシュンとなった。貴美子がその情けないやり取りの一部始終を見ていた。呆れていた。その時だった。「いいじゃない！」優花が叫んだ。（エッ！）三人が振り向く。「いいじゃない。お母さん。田中さんにも来ていただきましょうよ！」三人共驚いた。だがその驚きの質は、三者三様だ。

中井は、意外な援軍に戸惑うものの、結論は（助かった、ありがとう！）であり、田中は（何て事を言ってくれたんだ！）だった。貴美子は？　三人を見渡した。貴美子は僅かの時間で三人の関係を見破った、見切った。貴美子が決定権を握っていた。「いいわ。ご一緒していただきましょう！」

貴美子のアパート①

「自分の娘に気付かないなんて、よっぽど田中さんに魅力があるのね」

四人がアパートについて、貴美子の第一声だった。二十分程前、四人は四者四様の感情で、貴美子の軽自動車に乗り込んだ。運転席に貴美子、助手席に優花、後部座席に中井と田中。勿論移動中は無言。おもちゃの様なその車は、大男二人の乗車に悲鳴を上げていたが、何とか無事に四人を運びきった。

2LDK。優花も成人している。大人の女性二人が暮らすには、普通であれば狭い空間だ。だが二人には十分だった。このアパートには、家具も服も家電も、必要最低限度のものしかない。

ただ、殺風景になりそうなこの空間を唯一癒してくれるアイテムがあった。ぬいぐるみ。それも「くま」のぬいぐるみだ。「ベアーズ」に所属する優花は、自然と「熊」に親しみを持った。優花のお気に入りは勿論テディベア、くまのプーさん、そして最近ではくまモンだ。貴美子は、優花に贅沢をさせてやれなくて歯痒かったが、「くま」に関するぬいぐるみだけは、結構な高価なものも買い与えた。それで十分だった。優花にとってはくまのぬいぐるみの収集と、テニスに情熱を注ぎ込める事ができるだけで最高の贅沢だったのだ。

何も無い質素な家（アパート）に久しぶり（初めてといっても良い）の成人男子二人の訪問。緊張するかと思いきや、それはあまりにも普通だった。拍子抜けするほど貴美子の応対は普通で、仕事帰りの亭主を迎える女房そのものだった。

貴美子は美しかった。ただ美しいだけでない。その美しさは、全体的に控えめな美しさだ。目も鼻も口もそれぞれが必要以上の主張をしていない。だが貴美子にはチャームポイントがあった。八重歯だ。優しく微笑む口元から、八重歯が零れる。優花はそれを矯正したが、貴美子はそのままだった。アラフォーの貴美子は、今となってはすっかり落ち着いた、魅力的な大人の女性に成熟したが、中井と出会った頃は、キャピキャピの、元気一杯の女子だった。二人の恋愛関係はどちらかというと、貴美子主動で、その頃から（今でも）ショートヘアーでボーイッシュな雰囲気の貴美子に、何故か中井は惹かれた。中井のハートを射抜いたのは何といっても貴美子の笑顔、その八重歯だった。貴美子はその事を知っていた。だが、間もなく離婚。今度はその、自分の八重歯が嫌になった。逆に負担になったのだ。優花を出産した。自分と全く同じところから八重歯が生えている。貴美子は運命を恨んだ。本当は自分自身の八重歯を矯正したかったのだが、貴美子にはそれに掛ける時間もお金もなかった。貴美子はその願いのすべてを優花に託したのだった。

テーブルに四つの椅子、各々の席の前には、軽いおつまみに空のガラスコップ。貴美子は礼儀として、田中のそれにビールを注ぎ始めた。田中は（いえ、車ですから）とジェスチャーをしたが（もう帰れませんよ）という、貴美子の目力に押され、黙ってその厚意を受け入れた。続いて中井へ。その次は優花に。貴美子は「もう成人だものね」と、言い添えた。貴美子の空のグラスに誰がお酌するのか？　一瞬間ができた。中井が注いだ。無言で注いだ。中井は貴美子から、瓶ビールを奪い取る様にして、貴美子にぶっきらぼうに注いだ。貴美子の口元が少しだけ緩んだ。

「乾杯しましょう。乾杯！」貴美子は三人に有無を言わせない。三人は声に出して「乾杯」とは言わなかったが、貴美子のリーダーシップに抵抗できず、ぎこちないながら、グラスとグラスを合わせた。田中はこの期に及んでもまだ自宅アパートに戻る手段を模索していたが、ビールを一杯飲み干すとすべてを観念した。

　優花は不思議な感情に包まれていた。父性とはこういうものなのか？　テニスコートで触れ合う、生徒としての田中、（嫌な奴だけど）お客様としての中井とは、全く異質のそれがあった。勿論優花は中井を、今日の今日知らされて父親と認める事はできない。しかし目の前の二人は宛ら、いや、まさしく、自分のお父さんとその親友といった風情だった。

　貴美子は腹が据わっていた。短大時代の、中井の追っかけをしていた、あの時の軽い女ではない。優花を成人までたった一人で育て上げた、強い大人の女に変貌していた。今の貴美子は誰に対しても、堂々と接する事ができていた。勿論中井に対しても例外ではなく、いつでも「サシ」で勝負する心構えだった。だが、中井にその根性は無かった。中井は、貴美子は勿論、優花にでさえ一対一の対話は恐怖だった。優花も同様だった。優花に、今日初めて（初めて？　微妙だが）会った知らないおじさんを父親と認識して、一対一で話せとは酷な事だった。

中井も優花も同様に、田中には申し訳ないが、田中をダシに使う気でいた。とにかくこの場を和ませたい、その為だけに利用したい、そう願っていた。中井と優花にとって、田中は唯一の共通の知人であり、絶好の緩衝材だった。この一点だけは父娘の利害が一致していた。二人はこの一点のみの強行突破を狙っていた。だが田中はこのすぐ後、この場を和ませる為だけには留まらない存在となる。

田中⑤（過去）

「そうなの。凄いのよ！　田中さんは」貴美子の最初の呟きに、優花が思い出したように呼応する。だが、会話が弾まない。優花は中井に（何か言ってよ！）と、目配せをした。

「そ、そうなんだよ。凄いんだよ。この人は」中井は結局優花と同じ事しか言えない。田中の事を「この人」と、余所行きの呼び方をしている。優花は（何言ってんのよ！）の、表情をした。

「………」「………」「………」このあと優花も中井も田中も暫し無言。

「田中さん、凄いお体ですね。初対面で失礼ですけれど、テニス以外に何かスポーツをしていらっしゃったんですか?」沈黙に堪え切れず、貴美子が田中に話を振った。この場でも司会は貴美子だ。

「そうそう！　私も疑問に思ってたの、田中さん、絶対何かやってたと思う。だってそうじゃなきゃ初心者であんな凄いサーブ打てないもん」貴美子がいい切っ掛けを作ってくれた。優花が間髪を入れず、この話に大袈裟に乗っ掛かる。

「なあに？　凄いサーブって」貴美子が反応する。だが、目の前でもっと露骨に過剰に反応した男がいた。中井だ。両目が、カッ、と見開いている。だが言葉は出ない。

（サーブ!?　サーブって言ったか。そうか優花のクラスだった。という事は、優花は大将のサーブを目の前で見てる。他のスポーツ、確かにそうだ。なんで今まで気が付かなかったんだろう。サーブ？　似ている動作？　ピッチャー？　野球？　そうだ野球だ！　大将、野球やってただろ？）そう聞こうとした瞬間、

「田中さん、もしかして野球やってました？　ピッチャーとか？」以心伝心。さすがは中井の娘。優花は中井の思いそのままを口に出した。

「やってました」

「やっぱり！」優花と中井（中井は実際には一切喋っていない）。

「高校野球ですか？」

「ええ、そうです」

「ピッチャー？」

「ピッチャー、も、少しやりました。専門じゃなかったですけど」（やっぱり！）

「えー、凄い！　甲子園とか行ったんですか？」

「いえ、とんでもない。弱小チームでしたから。県予選であっさり敗退ですよ」

「その後もずうーっと続けていらっしゃったんですか？」

「ええ、まあ、一応」

「いつぐらいまで（続けていたんですか）？」

「大学二年生まで」

「大学？　大学まで続けたんですね」

「ええ」

「大学はどちらなんですか？」

「こ、国命館大学ですけど」

「国命館大学！　あの国命館！　あの黒い学ランの大学ですよね！」優花は別にディスっている訳ではない。純粋に凄い、と思っていた。

「あれっ、でも二年生ってなんか中途半端……」

「そうなんですよ。ひょんな切っ掛けで他のスポーツをする事になって……」

「他のスポーツ？」

田中はこの時周囲にハッキリと（マズイ！）と分かる表情をした。もうこれ以上は突っ込んで欲しくないというスタンスだ。だが、隠そうとすればする程、秘密を暴きたくなるのが人情だ。優花が少し悪乗りしてしまった。この事が良かったのか、悪かったのか、それは分からない。だが、田中の言葉通り、ひょんな事から、田中の過去が晒される事になってしまう。

「あ、何でもないです」

「あ、何か隠してます。田中さんの運動能力のルーツを知りたいなあ」

「大した事やってないですよ」

「いいじゃないですか、教えてくださいよ」優花に悪気はない。中井は心の中で（いいぞ、優花！）と叫んでいた。意外とグイグイくる優花に、田中は戸惑っていた。所謂Ｓっ気があるのだ。コート上では見せなかった優花の本性、これは中井と共通するものだった。中井も日常では、時々田中をからかっていた。その悪戯をする時の仕草や笑い顔は、父娘そっくりだ。親子だ。優花は両親の良い所取り（悪い所取り？）をしていた。中井と貴美子は美男美女。優花が美人に生まれないはずがない。そして優花には、先天的に身に備わっていたものがあった。周囲を、特に年上の男性を惑わせる小悪魔的な魅力だ。これは春日も秋山も、そして夏木でさえもがそう感じていた。父親の不在が、無意識にこうさせたのか？　そして優花は潜在的に父性を欲していたのか？　それは優花自身にもよく分かっていなかった。ただ今この時、二人の父（の様なもの）を目の前にして、優花の気持ちが昂ぶっていた事は確かだ。だから会話に命があった。この時点ではまだ三人（四人？）には笑顔があった。まさかこのあとこの話が、深刻な内容に発展するとは予想だにしなかったのである。

その後、優花と田中のやり取りが続いた。田中はそのスポーツ名を濁している。どうしても話したがらない。

田中の話を整理すると、どうやら大学の同期の友人がやっていた、他のスポーツの助っ人で試合に出場したらしい。田中はその気が無かったが、いざ出場してみると試合に勝利してしまう。自身も気付かなかった才能が突然開花しその後の試合に連戦連勝。田中は野球を辞めそのスポーツに完全に転向した、というストーリーの様だ。

「で、結局何なんですか、そのスポーツは？」優花がストレートに聞いた。田中はもう逃れられない。

「えっ、いや、あの、ボクシングを」ボクシングのところは口ごもっていた。

「エエエーッ!?」優花と中井が同時に驚いた。中井にとっても初耳だったのだ。

「本当ですか、田中さん！　凄い！」

「聞いて無いぞ、大将！」今まで黙っていた中井が思わず声を出してしまった。しかも大将、と言ってしまう。ここで素が出た。

「何だ、二人とも知らなかったの？」と貴美子。

「知らない、知らない」優花と中井がハモッた。

優花はチャンスだと思った。こうなったら田中狙いだ。ここぞとばかりに質問攻撃に出る。目的はとにかく会話が弾んで、場が盛り上がる事だ。この時点ではそれで良いと思っていた。

「ボクシング？　プロになったんですか？」

「あ、まあ、若い頃、一時期ですけどね。もう、いいじゃないですか」

「よくないですよ（笑）、じゃあ大学で始めてそのままプロになったんですね。あ、そうそう、私階級とか、よく分からないんですけど、田中さんは何級ですか？」

「ミドル級です。今の僕の体重だとスーパーミドルとか、ライトヘビーぐらいですけど、当時は痩せてたし、減量もするから。ミドル級です。あ、こんな細かい話なんていいか」

「いえいえ、全然オッケーです。チャンピオンになったんですか？」

「そんな、B級ですよ。あ、B級っていっても分からないか。一流ではないけれどプロボクサーである事は間違いない。そんな程度です」田中は謙遜する。

「それでも凄いじゃないですか！　何歳ぐらいまでやってたんですか？」

「大学を卒業して二年間やったから、二十四歳までですかね？　大昔の話です」

「二十四歳でお辞めになったんですか？」

「ええ、二十四歳で辞めました」

「引退って事ですか？」

「引退？　まあそうですね。引退です」ちょっと言葉が引っ掛かっている。

「二十四歳って、私、ボクシングの事はよく分からないんですけど、引退の年齢としては若いですよね。どうして引退したんですか？」

「ええ、まあ……」

「怪我をされたとか、ごめんなさい、失礼な事聞いちゃったかしら？」いきなり、核心を突く。優花は多少強引だが、私、何も分からないんです、というスタンスで乗り切ろうとしていた。中井にはできない芸当だ。思いも寄らない答えが返ってきた。

「自分が怪我をしたんじゃなくて、相手が怪我をしたんです」

「エッ!?」優花、中井、貴美子。今まで傍観者だった貴美子が聞き手に参加してくる。

「相手が怪我？」（だったら田中さんが引退する事無いじゃないですか）と、言葉が浮かんだが、引っ込めた。空気が一挙に変わっている。

「自分で言うのもなんですが、その頃僕は強かった」

「強かったんですね。強すぎて相手が怪我を」

「当時僕は二十四歳になったばかり。試合に連勝して、ボクシングが面白くなってきた時期でした」

「上り坂だったんですね」

「そうです。いい事を言ってくれました。それに対して相手は三十五歳、下り坂の選手でした」

「三十五歳」

「そう、三十五歳でした。定職に就けず、アルバイトで生計を立てていたそうです。当時僕は調子に乗っていましたから、ハッキリ言って楽勝だと思っていました」

「思っていました、って事は、実際は違っていたんですか？」

「その通りです。僕に負ければ引退だったんです。物凄い粘りでした。何発打っても打ち返してくる、ダウンも奪いましたが、何度も立ち上がってくる」

「執念!?」

「その通りです。だけどボクシングはそんな簡単にドラマは起こらない。強い弱いはリングに上がればハッキリするんです。もう一回言いますがその頃僕は強かった。一番強い時期でした。もしあの時に時間を戻せるなら、あの時点でレフリーストップして欲しかった」

「ストップが掛からなかったんですか？」

「そうです。僕は怖かった。相手はフラフラですが、戦う事を止めません。ボクサーの本能なんです。意識朦朧でもそれでも襲い掛かってくる。手加減をして、中途半端に終わらせようとしたものなら、今度は僕が打ち込まれます」

「最後まで油断できない」

「そうです。僕も負ける訳にはいかない。力を振り絞って全力で戦いました。それが相手への敬意です。そうしたら最後の一発が……」

「最後の一発が？」

「テンプルに、テンプルって分かります？　こめかみの事です」

「分かります」

「テンプルに僕のフックがもろに入って……」

「……」

「K・Oでした。やっと倒せたって感じでした。とにかく試合は僕の勝ちです」

「……」三人は黙って田中の話を聞く。

「ところがテンカウントはとっくに終わってるんですけど、なかなか相手が起きてこなくて……」

「……」

「意識を完全に失っていました。相手陣営が大慌てで担架を用意しました。それでも時間を置けば、意識を取り戻すのがほとんどなんですけど、いつまで経っても目を覚まさないので、そのまま救急車で病院に直行しました」空気が凍り付いていた。それでも優花が勇気を振り絞って質問する。今までのハイなトーンとは真逆の、消え入る様な声で、

「それで？」

「病院の集中治療室へ。意識は戻りません」

「………」

「二日後、死にました。目を覚ます事無く」

「………」「………」「………」

話の内容に、皆当然驚いたが、一番衝撃を受けたのは中井だった。

（あっ！　あっ！　この男には俺と正反対の傷がある。しかも俺が負ったものなど比べものにならない程の深い傷が）

考えてみれば中井は田中の過去をほとんど知らなかった。元々の人間関係のスタートが、元請けと下請けであり、テニスにおいては師匠と弟子、ましてや田中は中井に金銭的に世話になっている。意識的にせよ、無意識にせよ、どちらにしても中井は田中を「下に」見ていた事は確かだった。田中は田中で、自分自身が中井にそう見られている事を、無理に否定はしなかった。

結果として、今日の会話の中で、優花は無意識に、田中健次という一人の人間としての「個」に迫っていた。そして中井は今日を契機に、田中に対する認識を新たにする事になる。

「ごめんなさい、私、調子に乗って」

「いえ、いいんです。中井さんにはいずれ話す時があるかもしれないと思っていましたが、別に聞かれてもいないのに（話す必要は無いと思って）」

優花はレッスン中、何事も経験ですよ、田中さん！とよく声を掛けていた事を思い出していた。経験していた。田中は、過去にとんでもない『経験』をしていたのだ。優花はそれを恥じた。

「ごめんなさい、ごめんなさい」そして泣いて謝罪する。

「そんな、謝る必要はありませんよ。で、先程の続きですが、僕は社会的にも、法律的にも責任は問われませんでした」

「当然ですよ。田中さんに罪は無いんですから」

「罪は無いかもしれませんが、罰は欲しかった」

「罰?」

「僕はその後、誰にも責められませんでした。誰にも恨まれませんでした。誰にも裁かれませんでした。当然相手選手の御家族に謝罪に行きました。でも、こう言われました。あなたが謝る必要は無いと。むしろ僕の事を気遣ってくれたのです。僕には却ってそれが重荷になりました。贅沢な悩みかもしれない。身勝手な考えかもしれない。でも僕には何の責任も無い事が、却って苦しかった。御家族に罵倒されたり、適正な罰を与えていただけた方がどんなに楽だったか」

「…………」中井。

「…………」貴美子。

「…………」優花は涙ぐんだままだ。

長い沈黙の後、田中は、現在に至るまでを淡々と語った。ボクシングを再開する気には到底なれなかった事、どこかで復帰してチャンピオンにでもなれば美談になるのだろうけれど、実際は全くその機会は無かった事、どんな仕事に就いても何一つ上手くいかなかった事、まともな人間関係を築けなかった事、等々。

中井も貴美子も優花も、田中の過去から今日に至るまでに、責めるべき点、否定すべき点は無かった。皆、仕方ない、止むを得ないと納得した。だが、優花はそれだからこそ、もう一度田中に聞いてみたいと思った。田中にどう思われてもいいと思った。覚悟の質問だった。

「でも田中さん？」

「はい？」

「どうして、テニスを始めようと思ったんですか？　何故テニスだったんですか？」

この質問で、強張っていた田中の表情が少し崩れた。

「ああ、それは……」

「それは？」

「偶然です！」そう言うと、今度は明らかに表情が柔和になった。田中は語った。あの日、お腹を下して、ベアーズに滑り込んだ事を、有栖に優しく応対された事を、そして優花の好印象を、すべて正直に語った。場が和んだ。優花が意図していたそれは、図らずも田中自身の語りで達成された。田中は続けた。ボールをぶつけてしまった時、何故あれほどビビったのか、何故全力で打ち込めなかったのか。優花は今になって大いに合点した。優花が少し持ち直してきた。元気を取り戻していた。思い切って聞いてみた。「今はテニスを楽しんでいただけていますか？　ボクシングの傷は癒えていますか？」と。田中は答えた。「ボクシングの傷が（完全に）癒える事は一生無いでしょう。でも今の僕にはテニスがあります。テニスをしている時だけ、すべてから解放されている様な気がします。勿論楽しんでいます」と。さらに田中は三人の顔を交互に見つめ（もう、質問には全部答えましたよ）という表情のあと、次の意外な発言で締め括った。

「テニスはボクシングと共通するところが沢山あります。いや、テニスはボクシングそのものです」と。

優花①

「？・？・？・」

優花はピンと来なかったが、中井は何となく、いや、よく理解できた。カラスとの結末は、K・Oした勝者とK・Oされた敗者の姿そのものだった。格闘技ほど素人と経験者の差が出る競技は無いらしい。テニスも同じだ。実力の無い者が、『まぐれ』では絶対勝てない。サーブに対するリターンは、カウンターパンチそのものだし、個々のショット、オフェンス、ディフェンス、フットワークなど、共通点を挙げればキリがない。田中が初心者でありながら、それらを急速に吸収していくのも今となってはよく理解できる。中井は田中に対し、驚きを越えて感動すら覚えていた。

だが、今日の本題はこれではない。中井の夢心地は次の貴美子の一言で、一瞬で吹っ飛ぶ。

「貴文《たかふみ》さん！」

ああ、そうだ。俺の（下の）名前は貴文だった。俺の事を「たかふみ」と呼んでくる人間はこの世で三人しかいない。両親と、そして元妻の貴美子のみだ。現実に引き戻された中井は動揺半分、強がり半分で答えた。

「何？・」

「初対面の田中さんに、つらいお話をさせてしまって、本当に申し訳なかったわ。でも今日の本題は本来は、貴方と優花の事なの。田中さんの過去を私たちが聞いてしまった以上、私たちだけ何も話さない訳にはいきません。優花と貴方の事をお話しするけど、いいわよね」

「………」中井、答えず。

「優花ちゃん、こういう人なの。強がっているけど、本当は気が弱いの。田中さんごめんなさい、ご迷惑だと思うけど、ウチの事情を聞いてください」

田中は両手を横に振り（いえいえ、それなら席を外します）とジェスチャーをしたが、貴美子は構わず続けた。

「いえ田中さん、これも何かの御縁です。是非御一緒に聞いてください。お話ししようとしていたのはね、ええと、チョット待って」

貴美子はそう言うと、一度奥の部屋に急ぎ、何やら貯金通帳を数冊持って戻ってきた。「優花ちゃん、これ」イントロ無しだった。

「今まで貴女のお父さんが支払ってきた、養育費の記録です」

そこには離婚直後から今日に至るまでの養育費の詳細があった。当然優花もその概要は理解していたが、目の前の生々しい数字を見るのは初めてだった。

「貴女が生まれてすぐ離婚しちゃったから、ほぼ丸々二十年分ね」

「………」「………」中井にしても優花にしても、ましてや田中に何かコメントしてくれというのが無理な話だ。貴美子は結論からだった。最後の入金日と、累計金額が表示してあるその箇所を、先ず確認するように優花に促した。優花がそれに従う。一千万円を少し超えていた。その金額が多いのか少ないのかは、優花には分からない。どうリアクションを取るのが正解なのかも分からない。優花ができるのは、意識して無表情でその通帳を貴美子に戻す事だけだった。ただ美澄母娘に、今現在これだけの貯金がある事だけは紛れもない事実である。貴美子が続ける。貴美子の話には、間奏も無い。

「このお金は貴女の物です。今日から貴女が、全額自由に使っていいお金です。お金の使い道は貴女が、貴女自身で決めなさい！」

突然そう言われて、当然優花は戸惑っていた。貴美子は結論しか言えない自分が嫌だった。本当は母親らしく、優しく包み込むようにゆっくり説明してやりたかった。だが、離婚した以上、貴美子は父親も演じなければならなかった。その最たるものが、お金のケジメだった。優花は亭主のいない母の姿を見て育った。また自分自身も、父親のいない娘として育った。自立しなければいけない。自立とは詰まるところ、お金だった。貴美子は優花の金銭感覚について、特に厳しく教育した。お金とは魔法の様に突然湧いて出るものではないもの、誰かが必死で稼いで初めて現実となるもの、そう教えた。目の前のお金の動きは、母の財布からという事は自覚できた。だが優花は、何か目に見えない、もう一つのお金が動いている事を幼いながらに感じていた。そのモヤモヤは、今この瞬間までも続いていた。それが何だったのかが、今目の前にある。

「今、急に言われても……」そうだ、これが今優花が言える最低限だ。

「そうね、いきなりでごめんね。でも私が今日言いたかったのはこれだけなの。余計な事を喋っちゃうと、大事な事を伝えそびれちゃうんじゃないかと思って、本当にごめんなさい。使い道は、優花がゆっくり考えて決めなさい。これが結論。それでね……」

結論を言い終えると、貴美子はやっと細かい説明を加えた。なるほどこっちを先に言ってしまうと、結論がぼやけてしまう内容だった。だが貴美子が言いたかったのは、本当はこっちだった。別に恩に着せたい訳でもないし、言い訳でもなかったが、それは支離滅裂だった。だが優花はむしろこちらの話の方が胸にしみた。いつも強い母が弱みを見せてくれた。それで良かった。中井の事から話は始まった。

中井が支払った養育費は、離婚直後から今日まで、裁判所が決めた支払い期日に一日も遅れた事が無く、一回も金額割れをした事が無かった。これは奇跡である。養育費は途中で払えなくなるのがほとんどだ。払えたとしても金額を当初の約束より低くしたり、支払い期限を短縮したりして妥協してしまうのが現実だ。離婚した男性側に新しい家族でもできようものなら、それを踏み倒してしまう事など日常茶飯事である。

これを阻止したのが慶聖大学テニス部顧問、伊藤。伊藤虎雄だった。あの、トイレで中井と鉢合わせした伊藤だ。伊藤は、中井のキャプソン以外の進路を許さなかった。中井云々というより貴美子を不幸にさせたくなかった。伊藤は誰にでも同じように面倒を見ている訳ではない。面倒見甲斐の有るカップルにのみ手を差し伸べる。それだけ貴美子が可愛かった。貴美子の健気さが伊藤の心を突き動かしたのだ。

その後、中井のキャプソン社内での動向は、佐藤が遠巻きに監視、管理する。伊藤と佐藤の見事な連携だ。

優花が成長すると、テニスに興味を持ち出す。血は争えない。貴美子がテニスの事を一言も発する事無しに、優花は数ある習い事から、数あるスポーツからテニスを選択した。優花がテニスの環境面で不自由な思いをしないで済んだのは、今度は近藤のサポートだ。つまり、中井ファミリーは、終始「三藤」によって支えられてきたのだ。

貴美子が優花に伝えたかった事。何故こうも私たちは助けていただけているのかと言う事。貴女は中井の表面しか見ていないから、嫌な客としてでしか捉えられないだろうけれど、何も無い人間に、こうも多くの人間はサポートしませんよ！　中井に、周りの者が放って置けない魅力があるのは確かなの。私も同じ。二人は離婚してしまったけれど、かつて愛し合った事実は変えられない。貴女は父親を憎んではいけませんよ、という事だった。

貴美子は本来、お世話になったこの三人を、もっと緩やかに教えていくつもりだった。だが今日こんな形となってしまった。優花に申し訳ない気持ちで一杯だった。

そしてもう一つ、優花に貴美子は謝った。中井の養育費に頼らず、私一人の稼ぎで貴女を育てたかった。だけど現実はできなかった。貴女が幼かった頃、仕事と育児の両立が難しかった時期、中井の養育費を頼った。だから通帳の累計は全額じゃない。それでもこれだけの金額が残っているのは、貴女のお父さんがキャプソンに居続けたからなのよ、と。

ここまで説明すると、さすがの貴美子も涙無しでは語れなかった。優花がもらい泣きする。二人は中井と田中の眼も憚らず、エンエンと大泣きした。

優花②

中井も田中もお酒を飲んでしまった以上、当日は、車では帰れない。美澄母娘と中井と田中のアパート、キャプソン取山工場と野村製作所、そしてベアーズは、各々を車で十五〜三十分程度で結べるヘキサゴン（正六角形）の位置関係にあった。

翌朝（何と中井と田中は〈中井はともかくとして、何の所縁もない田中までが〉昨晩は美澄母娘のアパートに泊まったのだ）貴美子は、中井と田中を後部座席に乗せ（昨晩と同じで優花が助手席に乗っていないバージョン）ベアーズまで送り届けた。中井と田中は各々の自分の車に乗り換え、各々のアパートに帰った。

貴美子が自分のアパートを出発し、二人をベアーズまで送り届け、また自分のアパートに戻るまで、三〜四十分程掛かる。その間優花がアパートに一人になるが、貴美子はあえて、優花を一人で留守番させた。整理する時間を与えたのである。

中井のキャプソン、田中の野村製作所、そして貴美子が勤める病院は、日曜なので休日で問題無い。問題なのは優花だ。テニスクラブは、日曜日は書き入れ時だ。勿論優花はレッスンがあるので出勤しなければならない。優花は留守番中に、先ずこの一週間はベアーズを休む事を決めた。

「ただいま」「おかえり」「ごめん、ちょっと寄り道して、買い物してきた」貴美子は意識的に遠回りして帰った。実際には一時間位掛かった。

「結局、二人とも泊めちゃったね（笑）」「田中さんには悪い事した（笑）」二人っきりになっての最初の話題は中井ではなく、田中が先だ。どちらともなく田中を気遣う。

「優花、今日どうするの？　ベアーズまで送ってく？」

「休む」

「うん、いいんじゃない。バチは当たらないと思う」今まで一度も休んだ事の無い優花。休むと聞いて驚くと思ったが、貴美子は冷静だった。

「驚かない？」

「驚かないよ。あのオッサン達にはいい薬よ」

「ウフフ、ありがとう。お母さん、で、私決めたわ」

「決めた？」

「お金の使い道」

「うん、良かった。でもゆっくり考えてからでいいのよ」

「ゆっくりでも、急いでも同じだよ、私ね……」その後優花は、具体的なプランを貴美子に説明した。優花が決断したのは茨の道だった。だが、貴美子は優花がどんな結論を出そうとも、無条件で支援するつもりでいた。

「分かった。応援する！」

「ありがとう。頑張る！」貴美子と優花間の話はあっさり終わった。元々信頼関係の築けている二人に、多くの会話は必要無かった。問題は中井と貴美子の元夫婦と、中井と優花の現父娘の関係をどうするかだったが、これについては二人とも明確な指針を示せなかった。

「それで優花、貴女のお父さん。ええと、私の元ダンナ、の事なんだけど」

「ああ、それは（あとで）いいわ。自然の流れっていうか、成り行きっていうか」

「ああ、そ、そうね。まあ、優花も成人になったんだし、今後の接し方は、口出ししないわ」貴美子も優花もこの件は先送りにした。

ジェスチャーゲームでよくやる「この件は置いといてー」として次のアクションに移行。その次とは田中だった。田中が話題だった。二人とも同じ様にこう切り出した。

「それはいいとして、ところで田中さんの事なんだけど！」

「優花から言って！」「いやぁん、お母さんから言ってよ！」二人顔を見合わせ、吹き出してしまった。貴美子が止むを得ず、田中について語った。

「田中さんは、僕は部外者です、無関係ですって言うんだけど、私はそんな気は全然しないの。優花がいつも話をしていた人だから、どんな人か気にはなっていたんだけど、予想通り、ううん、予想以上の人だった。私は昨日が初対面だったけど、何か以前、いや、そんなもんじゃないな。なんか幼馴染ぐらいの感覚の人だった。ずうーっと、ずうーっと前から一緒だった様な。で、多分これからも何をするにも、私たちの傍にいるような気がする。間違いないと思う。ハッキリ言うわ。あの人は私たちにとっても、中井にとっても、特に中井にとっては運命の人。私たちの人生に大きく関わってくるに違いない。それも絶対いい方向に」

「私もそう思う」

優花③

「オーナー、私……」ここまでは近藤のイメージ通りのセリフだった。優花、このあと何と言う？「私、決めました」（ああ、やっぱりそうか、ショックを与えちゃったものなあ、こんなクラブ辞めちゃうよなあ）近藤は仕方が無いと思った。

「私、決めました。専念します！」

「そうか、やめるか。せ、せ、専念？」

「はい、専念します」

「？？？」

「近藤オーナー、私、テニス選手として、ツアーに専念します。ですから私の受け持つレッスンはすべてキャンセルしてください。今まで大変お世話になったのに、本当に申し訳ありません」考え直すとか、他の方法を模索するとか、そんな選択肢は全く無かった。今日近藤に優花が会った目的は、相談ではない。報告だった。優花の決断には取り付く島もない。ただただ、優花の決意表明を受け入れるのみだった。優花にはそれだけの迫力があった。

具体的な目標プラン。先ず今年の十一月初めに開催される、全日本テニス選手権優勝、仮に優勝できなくても、それまでに数多くの大会にエントリーし、ポイントを稼ぐ事、理想は全日本優勝だが、どちらにしても来年からは海外ツアーへの参戦、WTAランキング百位以内に入って、グランドスラム本選にストレートイン。三年計画、だった。

目標を持つのだったら、グランドスラム優勝だろう、と考えるのはテニスの世界を全く知らない人の戯言だ。大坂なおみが、グランドスラムを制し、世界ランキング一位になったのは、日本女子テニス界の奇跡中の奇跡であり、これを基準にその他の選手が目標を持つのは危険な行為である。グランドスラム優勝などというものは、テニス選手にとって、夢の夢のそのまた夢の出来事である。夢を持つ事は結構。しかし、プロになった以上、夢ではなく実現可能な「目標」を持つ事が急務だ。足元を見ずして、高い山の登頂はできない。そう考えれば優花の掲げた目標は決して小さなものではなく、いやむしろ、テニスに造詣が深い者ならば、冷静に考慮して、無謀ともいえる程高いものだった。たじろぐ近藤に優花が詰め寄る。

「志が低いですか?」低くない。テニスの世界をよく知っている近藤には、これを支持し、賛成するしかなかった。

「いやいや、そんな事は無いよ。素晴らしい目標だ。だけど……」だけど、のあと、近藤はこう言いたかった。ツアーはどう回るの? 練習コートは確保できるの? コーチはどうするの? 食事は大丈夫? 宿泊は? 交通手段は? 心配事を挙げればキリがない。そして、それらを総括すれば詰まるところ「お金はあるの?」という事だった。

優花はそれらの疑問に(聞かれていなくても)一つ一つ回答していった。机上の空論に終わるかもしれない。だが、今考え得る最大限を尽くした。この一週間の休みはその解決策に全力を注いだ、とも述べた。優花の要望は、一か月後とか、一週間後とかいった生易しいものではなく、今日から、だった。

「お願いします！　認めてください！」優花は、予想されるであろう近藤の、反対意見にすべて再反論し、論破した。優花のレッスンは、ベアーズの中でも屈指の評判のクラスだ。これが失われるのは、経営者の立場としても苦しい。しかし、近藤は一人の人間として、優花の決断にエールを送らない訳にはいかなかった。細かい条件を付ければ付けられない事はない。だが、近藤は優花の志をすべて受け入れて、短くこう言い切った。

「分かった。ベアーズテニスクラブは、美澄優花を全面的にサポートする！」と。

優花④

優花が近藤にツアーに専念する意思表示をしてから、数日が経った。

「ああ、うん、ああ、ああ……分かった」

中井の携帯電話に貴美子からの連絡があったのは、優花が競技に専念すると決意して間もなくだった。内容は、優花がツアーに参戦する事、差し当たって全日本選手権を目標とする事、費用は中井からの養育費で賄う事等の報告と、あなた（中井）は陰ながら見守ってやって欲しいというお願いだった。貴美子は中井の反応に、喜び五％、落胆九五％の予想で連絡した。結果中井の反応は素っ気なく、貴美子のある意味予想通りだった。（そうか、それは素晴らしい決断だ。俺も応援するよ！）本音はそう言って欲しかった。貴美子の仄かな期待は、初っ端から裏切られた。

両親が仲よく、子供と幼少期から一緒に生活しており、子供の成長を常に見続けていた家庭（要するに普通の家庭）で育っていたのなら、二十歳の娘の決断には当然真剣に答えていたはずだ。ＮＯでもいい。「甘い世界ではないよ、お前には無理だから、堅実な道を歩みなさい」と言い切るのも立派な愛情だ。だが中井には、明確な賛成も反対も発信できなかった。二人は紛れもなく本当の父娘だが、中井は自分にはその資格は無い、と自虐的に捕らえていた。二人には物理的な距離があり過ぎた。会わない時間が長すぎた。中井と優花が面会したのは、優花が小学生にも満たない頃一度きりで、まともなコミュニケーションは取れていない。優花には非情な現実だが、中井にとってこれまでの優花は、唯一無二の存在でもないし、片時も忘れた事が無かった存在という程ではなかった。それ故中井は、良い意味でも悪い意味でも「親バカ」になれていなかった。どこか冷めていたのである。

中井の冷めた目は、テニスプレーヤー美澄優花に容赦無く向けられる。中井はあの時、田中に目を奪われてはいても、優花の事は目に映らなかった。本物は本物を僅かな時間で見極められる。あの日、中井が見た映画のエンドロールには、主演の田中以外の名前は無かった。共演も無い、助演も無い、エキストラでさえ無い。「テニスプレーヤー」優花はそのどれにも当てはまるだけの価値が無かった。貴美子の、よっぽど田中さんに魅力があった、の言葉に冷徹に呼応するのなら、優花には「全く魅力が無かった」のである。

美澄優花、身長一六九cm、右利き、両手バックハンド。小学五年よりテニスを始め、ベアーズテニスクラブ所属のジュニア育成選手となる。高校を卒業し、国内ツアーに数試合エントリーするも、現在のところ目立ったタイトル、成績無し。身長は、日本人の一般成人女子を基準にすれば高い方だが、テニス選手として、ましてや世界レベルとなると小柄な部類に入ってしまう。細かいステップとフットワークを駆使し、粘りのストロークでチャンスを待つのが信条だが、ビッグサーブも際立ったネットプレーも無い。

世界のトップ、いや、世界とは言わない。例えば日本国内だけでもトップのランキングに居続けるには、相応の条件が揃っていないといけない。先ずは本人自身に絶対的な才能がある事、勝負の世界一本でやっていく覚悟がある事、練習環境が調っている事、テニス以外のプライベートな問題を抱えていない事等だ。優花の場合は、幸いにしてベアーズという所属するベースキャンプがあった。金銭問題も大丈夫（冷酷な現実として、貧困層に心置きなくテニスに集中できる環境造りは極めて難しい）になった。覚悟もできた。優花の決断は立派である。ここまでは成功の条件は調った。だが一番肝心の才能が、才能面だけが、プロの指導者の眼から見れば欠如していた。

近藤は、優花の決断を真っ先に夏木に伝えた。だが夏木の反応は微妙だった。少なくとも諸手を挙げて賛成でないのは確かだった。テニス指導者としては一流だったが、役者としては三流だった。例え芝居でも、優花の門出にエールを送ってやるべきだったかもしれない。しかし実際には、近藤の呼び掛けの、トーナメントプロテニスプレーヤー美澄優花の未来の成功には「懐疑的」な反応を隠す事ができなかった。

それは中井の眼にも同じだった。中井はその後、秋山をヒッティングパートナーとした、優花の練習風景を改めてじっくり観察する機会を得た。クラブハウスの二階、ガラス張りのフロアから、優花に気付かれないようにこっそり見たのだ。駄目だった。それは、世界はおろか、国内で勝ち切る事さえにも到底到達しないレベルだった。田中が一緒だった。田中はいつも中井の傍にいる。大男二人が身を隠すようにして、優花のプレーを見つめる。だが隠しているつもりなのは本人のみで、その存在は周囲にバレバレだった。それは止むを得ないが、会話の内容は第三者に絶対に聞かれてはならなかった。中井は真横の田中にすら、聞こえるか聞こえないかのギリギリの最小ボリュームで話しかけた。田中に正対せず、目の方向だけはコートに向けて。そして田中にも、俺の方を向かないで、コート上の優花を見たままで話して欲しいと要請した。あの、三寒四温のあの日の、夏木と秋山と同じだ。

「どう思う?」相変わらず、主語が無い。中井は、田中が事前情報が全く無いにも拘らず、テニスの指導者としての眼など全く無いのにも拘らず、真剣に問いかけた。勝負の世界で優花はやっていけるか、大将はどう思う?と、いきなり聞いてきたのだ。

「どう思う?って何がですか?」教科書通りの反応だ。

「いや、あの女子」ぶっきらぼうだ。自分の実の娘を女子と言う。

「優花さんですか?」

「うん」

「優花さんの、何をどう思う?　って事ですか?」田中は中井の質問が〈大将!　俺の娘の事を〈女として〉どう見てるんだい〉といった、下劣な意味で無い事は、中井の真面目なトーンで最初から分かっていた。ただ、まさかテニスプレーヤーとして成功するかどうか大将の意見を聞かせてくれ、といった踏み込んだ意味とは到底推測できなかったので、（どういう意味ですか？）ともう一度聞き直したのだ。だから中井は、

「やっていけるかなあ？　プロとして」と、さすがに少し説明した。

「プロ？　トーナメントプロ、ですか？」

「うん」

「賞金だけでやっていけるのか、って意味ですか？」

「賞金だけ、う〜ん、そんな単純じゃないけど、まあ、そういう事」

「じゃ、逆に聞きますけど、賞金だけで食っていけるのはどの位のレベルなんですか？」

「大将、歴代のＮ－１王者の名前言える？」

「なんですか？　いきなり」

「いいから、思いつくまま言ってみてよ」

「中山家、ホワイトケチャップ、ハンバーガーマン。最近じゃ第七世代の雨降り彗星とか。去年のマジカナロンリーも面白かったけど、一昨年《おととし》のココアボーイの衝撃は、未だに記憶に残ってますね」

「そうだろ。お笑いにそんなに興味が無い人でも大体それぐらいは言える」

「そうですね、だけどそれが何か？」

「じゃ、去年のテニス全日本選手権の優勝者は？」

「………」

「出てこないだろ。じゃあ、最近十年でもいいよ」

「………」出てこなかった。誰一人（名前が）出てこなかったのである。

「そういう事だよ」これは分かった、よく分かった。中井の言わんとしている事が見事な例え話でよく分かった。中井は続ける。

「日本一の選手を、同じ日本人が言えない。これがアメリカ選手権とか、フランス選手権とかだったら分かるよ。だけど、言えない。世間は知ったこっちゃないんだよ、日本一のテニス選手なんて。これがテニス界の現実なんだ。因みに大坂なおみは、全日本に出る気なんて爪の先っぽ程も無い。世界のトップレベルは全日本なんて眼中にないいんだよ。そんな（世界レベルから見れば）カスみたいな大会でも、現実の選手は出るだけで大変、ましてや優勝なんてとんでもない。その優勝者の名前すら、世間の人には認知されてない。賞金だけで食っていけるなんてのは、どえらい強い奴らだけだ！　大将の、どのレベルからやっていけるのか、って質問の答えになっていないかもしれないけど、大体分かるかな？」

「分かります。よく分かります！」

「その、どえらい強い奴、選手に、今の美澄が到達してるか？　あるいはそこまで達しそうな伸びしろがあるのか？って事だ」

「………」田中は改めて聞かれて答えられない。

「どう思う？」ここで振り出しに戻った。今度のどう思う？は、最初のどう思う？とは解析度が違う。

「いや、俺ごときが」

「遠慮しないでいいよ、率直な意見を聞きたい」

「そんな、テニス初心者の俺に……」田中はもはや今となっては初心者ではないが、答えに逃げる為の手段に使った。中井は逃がさない。

「じゃあ、テニスは初心者でいいよ。ボクシング経験者として聞きたい。俺はボクシングの事はよく分からないけれど、大将が言ったように俺もテニスとボクシングは大いに共通点があると思う。同じだよ。ボクシングだけで食っていける奴なんて一握りだろう。ボクシングの世界でやって来た経験のある大将に問いたい。勝負の世界に、例え一時でも身を置いた大将の眼から見て、美澄優花はプロでやっていけるか？」

「……」

「直感でいい」中井は本気だ。本気で田中に尋ねている。あの日以来、中井は田中を尊敬し始めていた。その中井の本気度を田中は感じ取り、もう一度コート上の優花を凝視した。もはや中井は、田中の意見は無視できない。それは重要な参考意見だ。だから田中も軽々な発言はできない。唾をゴクリと飲み込む。お世辞を言うのは却って失礼だ。

「率直に言っていいですか？」

「ああ、そうしてくれ」

そう促されて、田中は少し間を空ける。息をスゥ〜ッと吸って、

「厳しいと思います」とキッパリ言った。

「……」無言だった。中井は田中に目もくれず、無言で優花のプレーを見続けたままだった。田中

はやってはいけないと思ったが、チラッと中井の表情を見てしまった。ここ最近は中井の表情一つ見るだけで、中井の深いところの心情をすっかり読み取れる様になってしまった。中井の表情は、予想通りが九五%、落胆が五%だった。中井の親バカが五%垣間見えた瞬間だった。ゼロ%だった中井の親バカ率が、田中によって僅かではあるが、発現された。中井の心の中の親バカシェア率は、その後次第に増えていくが、今この段階では五%が妥当な数字だった。中井の消え入る様な声だった。

「大将」

「はい?」

「ありがとう」

レッスン7

優花の挑戦を横目に、中井と田中のレッスンは続いていた。中井は、優花は優花、自分は自分、と自身に言い聞かせていた。何かをしてやりたい、何か力になれるのであれば、そうしてやりたいと心密かに願ってはいたが、具体的な名案は一つも浮かばない。となれば、テニスコートに出向けば、中井が行うのは田中との練習だけだった。田中の超巨大なスポンジは、中井塾という名の、特別なテニスの水面から、見る見るその水分を、エキスを吸い取っていった。そして田中に二つ目の鉄板ネタができる。バックハンドのジャックナイフだ。

田中はフットワークも秀でていた。秀でているというよりも、元々持っていた潜在能力が、顕在化してきたといった方が適切かもしれない。絶対的なフォアの強打を一つ持つ事によって、田中は一つ雑念が無くなる。フォアの強打以外のすべてはそれの準備、と割り切って考えてしまえば良いのだ。その打球を追う事、打点の後ろに入る事、廻り込む事、これらすべてはフォアの強打の為の準備だ。その為の足運びだ、その為のテイクバックだ、その為の繋ぎのショットだ。繋いでいるうちに、相手にウィナーを取られてしまったらそれはそれで仕方ない。今もし田中が試合に出場したのなら、今の段階では極端なゲームプランだが、要は、田中はフォアの強打が打てるチャンスをひたすら待ちさえすれば良いのだ。何故なら田中は、フォアの強打さえ打つチャンスがあれば「絶対に」ポイントが取れるからだ。それは相手が（繰り返すが）フェデラーであろうが、ナダルであろうが、ジョコビッチであろうが、である。試合中のプレーヤーの、敗戦への第一歩が『迷う』事だ。これはレベルに関係ない。馬鹿の一つ覚え、でも良い。いやむしろ、窮地に陥った時程、これが自らを救う。

片手と両手、どっちがパワーが出るのかは一目瞭然だ。両手の方が力が入るに決まっている。田中のショットは単純な威力のみで比較すれば、断然両手のバックハンドの方が凄かった。フォアでも脅威なのだ。両手バックの威力は殺人的といって良い。だが、スナイパーの照準が定まらない。発射時の数ミリの狂いは、標的に着弾する時には数メートルのズレになってしまう。田中は、止まって、バックを打つ分には打てた。威力のあるボールが打てた。だが中井は、試合では使えない事が分かっていた。田中も分かっていた。試合ではとてもとても使えない事が分かっていたが、どうすればいいのかは分からなかった。不思議だった。『止まって』打っているのに、何故かコントロールが定まらない。動きながら打つフォアの方がコントロールし易かった。あれだけ速いボールを打ち返せるプロ野球選手が、止まっているゴルフボールに梃摺るそれと似ている。

バック側にフォアで廻り込むにしても限度がある。無理に廻り込まなくても、普通にバックにチャンスボールが飛んでくる事も勿論ある。だが、今の田中はみすみすそれを逃してしまっていた。かと言って、フォア側のボールをわざわざ廻り込んで、バックハンドで打つシチュエーションはあり得ない。田中は、バックハンドに関しては八方塞がりだった。田中に打開策は無かった。だが、中井にはあった。中井はできるだけ、答えは田中自身の力のみで（フォアの様に）見つけて欲しかったが、田中が迷路に迷い込んでいる姿に居たたまれず、アドバイスした。ヒントを与えた。止むを得ず、答えを教えた。中井はこの後も田中に同じ事をする。だがそれをするのは、田中自身の努力が限界に達した時のみと決めていた。

「駄目なんですよ、止まって打てているのに、余裕があるのに、何故かコントロールできない。むしろ動きながら打つフォアの方が上手く打てます」

「止まってる方が却って打ちづらいんだよ。だって大将、サーブはもっとノーコンだろ」

「あっ！　確かにそうだ」

「サーブの場合はさあ、まさか助走つけて打つ訳にはいかないからな。自分でトスするから難しいんだ。何なら他人にトスしてもらいたいくらいだろ」

「その通りです」

「バックの、特に俺みたいなシングルハンドと違って、大将の様にキッチリ打つ両手打ちの場合は、打つ前にガチガチに固まっちゃう事が多いんだ」

「その通りです。一瞬止まって、その後の『間』が取れない。我慢できない」

「早漏みたいな」

「………」どうしてわざわざ下ネタに例えるのだろう。しかし残念ながらそれが的を射ている表現だから、田中も強く反発できない。

「まあ、そういう感じです」

「射精する前に、発射する前に、いや、どっちにしてもよくない言い方か。打つ前に、尻の穴に一瞬キュッと力を入れる。ちょっと我慢する。その力の入れ具合は自分で調整するんだ。意識的に間を、時間を作るんだよ」

「意識的に間？」

「うん、そう。今大将は、1《いち》、2《に》、3《さん》で打ってるだろ」

「はいそうです。大体ストロークを打つときはそのタイミングです」

「バックでウィナーを取りたかったら2と3の間に『〜ぃの』を入れる」

「？？？」

「1、2、3じゃなくて1、2〜ぃの3だ」天才の指導は付いていけない。（じゃあ、どうすればいいんだ！）田中はそういう顔をしていた。

「じゃあ、どうすればいいんだって思ったろ」

「エッ？」田中の顔が赤くなる。気持ちが読まれてる。

「まあいいや、口でゴチャゴチャ説明するより、実際にやってみよう」実際にやってみた。実際にやらせてみたのである。

「大将いつもの様に俺、球出しする。それで何球かラリーが続いたら、意識的に大将のバック側にチャンスボールを打つから、そしたら……」

「そしたら?」

「ちょっとジャンプして打ってみな。ジャンプの高さとかタイミングは大将の感覚でいいから」早速田中が試す。結果は、打てる。嘘の様に打てる。効果は一石二鳥、いや、三鳥も四鳥もあった。ジャンプすると振り抜きが、地面に足を付けている時より楽にできる。スイングが少し速くなった様な感じだ。自分でジャンプしているから、動きながら、ボールを打つ事になる。1、2〜ぃの、でもいいし、1、2の、でもいい。3の間にタイミングが取れるのだ。自分でタイミングが掴める。さらに利点がある。〜ぃの、の間、つまり田中がジャンプしている時、相手側は、田中が何処に打つのか予想がしづらい。田中が打つのを待ち切れず、右方向に動けば左に打てばいいし、左に動けばその逆、また前後にも応用できる。そしてもう一つの利点は打点だ。今までの二〜三個分上で叩ける。という事はインの確率が断然高くなる等々、良い事ずくめだった。田中は驚きというより感動だった。

田中はフォアの強打に続いて、バックのジャンピングショットという、二つ目の武器を手に入れた。二つ手に入れたという事は、二つ雑念が減ったという事だ。プレーヤーは試合中は勿論、試合以外でも雑念だらけだ。如何に雑念を取り除いて試合に臨む事ができるのかが大切な事なのであり、結局コーチの仕事とは何かと問われれば、つまりはこれだ。どれだけプレーヤーの悩みを無くしてあげて、コートに送り出してやるかに尽きる。それに倣えば、中井は名コーチである。巷でよく聞く「魔法の言葉」だ。但しこれには落とし穴がある。魔法を掛けられる人間にその素地が無かったり、そのタイミングを見誤ると、効果が無い。効果が無いどころか使用法を間違えると、逆に劇薬になる。本人を苦しめるだけなのだ。それを見越して最後に中井は釘を刺した。

「チャンスボールの時だけだよ」と。

レッスン8

春日は、自分の体の部分の二つを疑った。一つは耳、もう一つは目だ。

例によって春日は、中井と田中の練習を盗み見していた。だが、春日の観察眼は、夏木と秋山のそれと違い、比較的露骨に見ている割には、節穴だった。今日もそうだった。確かに今日の練習は、その真意を汲み取る事が、最も難しい内容の一つではあったが。

「大将！　もうストロークの練習飽きたろう。ゲームやろう！」

「えっ、ゲーム！　嘘!?」

「嘘じゃないよ、ゲームだゲーム。試合だよ！」

「試合!?」

「遊びじゃないよ、真剣勝負だ！」

（嘘だろ！　まだ早すぎるよ！）田中、無言、唖然。

　春日が耳を疑ったのはこのやり取り。春日も同じ様に（嘘!?）と叫んでいた。

「3《スリー》セットマッチな！　だから2《ツー》セット先取した方が勝ちだ！」3セットも2セットもない。今の中井と田中なら、100セットやっても同じだ。田中がいくらフォアの強打とバックのジャックナイフを身に付けたところで、試合となれば話は別だ。中井の提案は、傍から見れば『いじめ』そのものだった。中井は田中に有無を言わせない。

「よし、始めよう。試合だからな。奮発しちゃおう、ニューボールだ」中井はやる気マンマンだ。まるで、これからグランドスラムの公式戦に臨む様に、プシュッ、と缶から真新しいボールを取り出した。二人は近距離でネットを挟む。

「サーブ権だけど、どうする？　大将からいく？」

「ええと、う〜ん、どうしよう」田中はどうしていいか全く分からない。

「本当はコイントスするんだけど、ハハ、まあいいか、俺、最初レシーブするわ」そう言い終わらないうちに、中井はエンドラインに後ろ足の歩を進めていた。臨戦態勢だ。こうなると必然的に田中は、サーブのポジションに行かざるを得ない。勝負だ。田中は何が何だか分からない。何が何だか分からなくても、とにかくサーブの一発目を打たなくてはならない。エエイッ、こうなりゃヤケだ。一発かましてやる、と心に決め第一打を打とうとして、トスを上げる直前だった。デュースサイドのレシーブポジションから中井が声を掛ける。大声だ。

「ああっと、ゴメン！」

「？」田中が慌ててトスを止める。

「大将、一つだけ条件があるんだ！」

「何ですか？」

「大将は絶対に入れにいかない。全部エース狙いで打って欲しいんだ」

「エース狙い？」

「そう、全部エース狙い。全部全力で打って欲しい」

「ファーストもセカンドもですか？」これを聞いて中井は、心の中で思わず、プッ、と吹き出してしまった。（生意気な事、言ってるんじゃねえよ）と。

「そう、ファーストもセカンドも。あの、お言葉ですけど先生、ファーストとセカンド、打ち分けられるんですか？」嫌味たっぷりだ。

「………」田中撃沈。

「いいから、いいから。オールファーストで行こう！」

「了解」このやり取りで田中が少し解《ほぐ》れ、リラックスして第一打を打てる体になった。中井はそれまでのおふざけムードから一変し、田中のサーブの準備をする。表情は真剣そのものだ。田中は、ベースラインのデュースサイドの最もセンター寄りに立ち位置を決める。あの時美澄が見た、あの位置だ。

第一打。奇跡が起こる。

「ドカーン!!」

ボールはセンターライン上を一直線に飛び、最短距離で相手Tライン上を襲撃する。ルール上、ラインを僅かでも掠っていればインだ。中井一歩も動けず。ピクリとも反応できず。そして、

「………」無言、唖然、呆然。

中井のショックを他所に、田中は何事も無かったかの様に第二打、つまりセカンドサーブを打とうとしていた。田中にとっては自然の行為だった。田中は勝手に、自分の打ったファーストサーブをフォールトと勘違いしていたのだ。それを中井が止める。

「待て待て！」

「エッ!?」

「入ってる！」

「えっ、何？」

「入ってるよ、インだ。大将のポイントだよ。15－0（フィフティーンラブ）だ」

「エエッ！　本当!?」

春日は目を疑った。ベアーズで、いや日本で、いやいや世界で、田中の二〇〇km／hのサーブを生で見た三人目になった。春日はその後のゲーム観戦を限りない期待で臨んだ。だが、その期待はあっさり裏切られる。

生まれて初めてのサービスエース。これは田中にとって無欲のポイントだった。だが奇跡は二度続かない。そもそも滅多に起こらない出来事であるからこその奇跡なのだ。結果、田中がサービスゲームでポイントが取れたのはこの一ポイントのみだった。何故ならば、田中が、無欲、で臨めたのはこ

の一本だけだったからだ。なまじポイントが取れてしまった事が災いした。力んだ田中は、この後のゲームはすべてダブルフォールトで自滅する。

中井のサービスゲーム。中井はある決意を持って臨む。それは中井もダブルファーストで打つ事だった。第一ゲームのチェンジコートの際、中井は田中にまたお願いをする。俺も全部全力でサーブを打つ、だから大将は、全力でリターンしてくれ、と。

圧巻だった。中井のサーブは伸びてくる。スピードガンで表示すれば、中井のそれは田中には及ばないだろう。だがデジタル的な数値では表せない、中井の切れのあるサーブは、田中に勝るとも劣らない決定力を持っていた。

第一セット。中井は、すべてのサーブ（ファーストもセカンドも）をセンターに叩き込んだ。勿論田中は返せない。中井のサーブは、デュースサイドもアドサイドもすべてセンター狙いだった。田中は途中からその狙いに気付いたがそれでも返せない。田中に気付かれていても中井はセンター狙いを止めない。中井の狙いが分かると少しずつラケットにボールが当たる様になってきた。だが、コートの中には納められない。それでも中井はセンター狙いを止めない。両者が意地になったセット終盤、それは起こった。田中のリターンウィナーだ。若干甘くなったデュースサイドのセンターへのサーブを、身に付けたばかりのバックハンドのジャックナイフで強襲。センターをセンターに返す。それはサービスダッシュしていた中井の足元に突き刺さる。中井は返球できない。田中は今度は奇跡ではなく、意識して、ポイントを奪取する。まだ続く。今度はアドサイドからの、スライス気味のセンターへのサーブを、田中はフォアアで強振。もう一発リターンウィナーを取った。やや遅れたのが却って良かった。打球は中井のバック側のサイドにオンライン。ノータッチ。

第二セットもジャストミートが二本あった。第二セット、中井のサーブ。今度は徹底してワイド狙い。同じ様にセット序盤はすべてエース。だがやはりセット終盤、球筋に慣れた田中は、フォアはショートクロス、バックはストレートのダウンザラインのリターンウィナーを奪う。

結果、二セットを通じて田中が奪ったポイントは、オープニングゲームの第一ポイントのサービスエース一本。第一、第二セット各々でのリターンウィナー二ポイントずつ、計五ポイントだった。結果は勿論ゲームカウント《6－0、6－0》セットカウント【2－0】で中井の勝利。試合時間は合計三十分にも満たなかった。春日はそのすべてを見た。たった三十分足らずの短時間であったからこその盗み見だった。よせばいいのに、春日はまたしてもこの観戦記を夏木の前でぶってしまう。

「ヘッド、見ましたよ。なんとなんと、中井さんと田中さん、初の練習試合をしてました」

「………」夏木は例によって最初は無関心を装う。

「酷いですよね。素人相手に大人気無い」

「何だハル、またサボって見てたのか?」

「サボるなんて人聞きの悪い。空き時間の三十分位ですよ」

「………」

「まあ、当然と言えば当然なんですけど、中井さんの圧勝! しかも三十分で二セットも消化できちゃったんです」

「ラリー無しか?」

「その通りです。ほとんどサーブで終わり。まあ、田中さんのサーブが一本。一本だけ決まったんですけどね」

「何!?」夏木が聞き返す。思いの外、大声だった。

「その一本だけですよ。あとは全部、全部ですよ、ダブルフォールトです。こう言うのは失礼なんですけど、田中さんももう少し力を抜けばいいのに。あ、中井さんの指示か。で、中井さんは中井さんで、入りもしない田中さんのサーブに、真剣な顔して準備してるんですよ。今までうちのメンバーとのゲームじゃ、涼しい顔してやっていたのに。その顔と全然違うんだものなあ。なんであそこまでムキになるのか。あ、そうそう、中井さん、自分のサーブの時もムキになってた。それが証拠に二人ともたった三十分しかやってないのに、汗びっしょりですよ。田中さんがなんぼ急に上手くなってきたっていっても、あそこまでムキになって打たなきゃいいのに。田中さんにもっと上手くなってもらうのが目的なら、もう少し優しいサーブじゃなきゃダメだと思うんですよね」

「田中さんは、一本もリターンできなかったのか?」

「いえいえ、全滅じゃなかったですよ」

「何本返した?」

「三本、いや四本かな? あ、四本だ。フォアとバックで二本ずつ」

「四本!? 四本も返したんだな」

「四本も、って二セット通じてですよ。なんかコースも予め分かってたみたいですし、中井さんが打たせてやったんじゃないですか? あと他は全然返らなかったから、もしかしてマグレかもしれないし」

「マグレじゃない！」

「えっ？」

「マグレじゃない、って言ってるんだ」

「……」春日はキョトンとしていた。夏木は（だからお前の目は節穴なんだ！）と、言ってやりたかった。夏木は二人の試合風景が手に取る様に想像できた。

「田中さんのサービスエースはどうだったんだ」

「あ、最初の一本ですね。あれは、あれだけは凄かった。速かったです。でもあれも多分マグレですね。中井さん、反応できなかったけど、田中さんのサーブはどこへ飛んでいくか分からないから。あ、そうだ思い出した。田中さん、自分でフォールト、って思い込んでましたから、狙って打った訳ではないですね」

「中井が反応できなかったんだな」

「ええ、固まってました。あの中井さんが全く動けなかった。意表を突かれましたね」

「意表でも何でもないよ。そのサーブは、ナダルでも返せない」

「ええっ？」

「だから、ナダルでもジョコビッチでも返せないって！」

春日は夏木の、中井と田中の買いかぶりがまた始まったよ、と、少しだけ辟易した。どうして見てもいないのにそこまで言う、と。だが、正解は夏木で、春日は単なるメッセンジャーに過ぎなかった。

春日が二人の試合を見た事は『事実』だが、夏木はその『真実』を見抜いていた。夏木は（どうせ言っても分からないだろうなあ）と思いつつ、春日に追試験を試みた。

「ハル、試合を見てのお前の感想は？　今後田中さんの勝つ確率はどうかね？」

「アハハ！　何言ってるんですか、ヘッド。確率も何も無いですよ。なんぼ田中さんが上手くなっても中井さんに勝てる確率はゼロです。永久に勝てません」

「そうかなあ？　データ的には田中さんの方が可能性があると思うんだけど」

「……」春日は呆れてものが言えない。

根拠の無いデータを持ち出し、田中に可能性があるとの夏木の主張に、春日は（ヘッドもどうかしちゃったなあ）と本気で思った。だが、夏木には信念が、データを指し示すべく根拠があった。夏木の主張はこうだ。

中井のファーストサービスインの確率が、あるいはセカンドサービスインの確率がどの程度か、それは分からない。ただ、一〇〇％に近いのは確かだ。だが、ファーストサーブであろうとセカンドサーブであろうと、そのどれかを中井は田中に叩かれている。今回の中井のサーブの条件はダブルファースト。つまり中井はすべてファーストサーブのつもりで打っている。そのうち四本を、四本も田中はリターンのウィナーを取った。従って中井のファーストサーブは「絶対ではない」のだ。

それに対して田中のインのサーブに中井は返すどころか、反応すらできなかった。田中のファーストサービスインのサービスウォンの確率は一〇〇％「絶対」だ。こじ付けだろうか、データのインチキだろうか。そうではない。田中のファーストサービスインの確率が上がれば、目に見えて中井に勝つ確率は高くなっていく。夏木は本気でそう思っていた。

春日には理解できない。確かに表面上だけ見れば春日の方が常識的な見方だ。春日は残念ながら、一般人の域を超える事はできなかった。かつて、太陽の周りを地球が回っている、と唱えたガリレオは狂人扱いされた。今の段階では夏木はその時のガリレオだ。だが、真実はどうであったか。真実はガリレオの方であって、今まで常識と考えられていた事は、使えない過去の遺物になった。それは時間の経過がそうさせた。歴史が証明した。人類はこうして進歩してきたのだ。夏木の言った「田中の可能性」はそう遠くない将来、田中自身によって証明される。

レッスン9

お年玉を「貰って」喜んでいるうちは子供。お年玉を「与えて」喜べるようになって、人は初めて大人になる。

中井は田中に、様々なテニスの技術を伝授した。それを見る見る吸収する田中に、中井は喜びを感じていた。そんな崇高な表現を良しとしないならば、一言で簡単に片付けるのなら、中井は田中を教える事が、面白くて面白くて仕方が無かったのである。中井の当面の目標は、田中を所謂草トーナメントに出場させる事だった。「勝てる」武器は、フォアの強打、バックのジャックナイフ、ファーストサーブ（入れば、だが）の三つもある。あとは「負けない」防御を何か一つでも身に付ければ十分だ。ここで初めて中井は「セカンドサーブ」の伝授に着手した。いつもの様にそれは唐突だった。

「大将、あとセカンドサーブさえ打てるようになりゃあ、今すぐにでも外の試合に出られるよ」

「外？　外って何です？」

「そのまんまだよ。対外試合。所謂草トーナメントだ」

「草トーナメント？」

「そうそう、草トーナメント。草野球のテニス版。野球だって何だって、練習ばっかりじゃ飽きちゃうし、腕試ししたくなるだろ」

「ええ、まあ、そうですけど」田中は中井とのマンツーマンレッスンだけでも十分だと感じていたが、トーナメントという響きには、確かに胸躍るものがあった。中井の発したワードのうち、セカンドサーブよりも、対外試合に先に反応したのが、それの何よりの証拠である。

「で、セカンドサーブだ」振り出しに戻る。

「セカンドサーブ」そうだ、セカンドサーブだ。セカンドサーブさえ打てれば。中井は、さえ、って言った。さえ、ってどういう意味だ。田中はそのまま口にした。

「さえ、ってどういう意味ですか？」

「そのまんまだよ。大将の場合はだなあ、ファーストサーブが入れば誰もリターンできない。地球人には無理だ」中井がここまで素直に他人に対して、ここまでの表現をするという事は、田中を完全に認めたという証拠だった。それにしても地球人全員にまで手を広げたのには、田中も恐縮した。だが中井は田中を、天まで持ち上げたそのあと、すぐに地面に叩きつける。

「だけど死ぬ程、確率が低い。今このまま試合に出たら、小学三年生にも負ける」

「………」

「それだけじゃないよ。仮に試合に出て、この前の俺との試合と同じようなスタイルでやったとしたら」

「???」（やったとしたら、どうなるの?）

「会場、出入り禁止だ。まあ、何て言うのかな。例えて言うと、大将のプレーは、特にサーブがそうなんだけど、街中で、剝き出しの日本刀振り回しているキ、いや、精神異常者みたいなもんなんだよ」

「………」酷い言い方だ。精神異常者のところをもっと酷い表現をしそうだったが、それにしても中井の比喩はまたしても的を射ている。

「そこでだ。長刀は、鞘に納めておいて欲しい。相手には、日本刀を持ってるぞ、って事だけ分からせておけばいいんだよ。実際に使う必要は無い。持ってるだけで十分威嚇の効果がある」

「………」

「で、実際に使うのは、脇差。短刀のみでいい。大丈夫、それだけで十分勝てるから」

「それがセカンドサーブ」

「そう、短刀と長刀。どっちがファーストでどっちがセカンド、って言えないんだけどね。宮本武蔵の二刀流みたいなもんだ。どっちか片方だけでもダメ」

「何となく分かります」本当に何となくだ。だが、何となくで十分だった。要は、セカンドサーブを身に付ければいい、身に付けなければいけない、という事だけはよく分かった。

「練習しよう！」「練習しましょう！　教えてください」「Ｏ・Ｋ！」二人の会話はこれで十分だ。

やっぱりいきなり始まった。

「大将、スライスだ、今までフラット（ストロークも）一本でやって来たけど、セカンドを覚えるのには、スライス。要するに擦れた当たりを身に付けるしかない。チョット俺が実際に打ってみるから、まあ、見ててくれ」スライスというと（特に片手の場合）バックハンドのイメージが強いが、ここで中井が見本を見せるのはフォアだ。中井はデュースサイドからフォアのスライスサーブを披露する。芸術的だった。中井がやると、いとも簡単そうに見える。中井は最初トスは頭上に上げず、まるで軽く球出しをするようにその第一打を放った。

「大将、ライナーだよ。右バッターが低い弾丸ライナーを打つイメージだ。大将、野球をやってたから分かると思うけど、ライナーを打つ時って、ちょっとバットを振り下ろすだろ、こういう感じ」中井は真水平、つまり三時から九時ではなく、やや斜めに振り下ろす角度、すなわち二時半から八時半位でラケットを振り抜いた。すると打球はどうだろう、シュルシュルシュルと鋭い逆回転の音を発しながら、ネットの白帯に向かって、レーザー光線の様に一直線に飛んでいく。（ぶつかる！）田中はそう思った。だが打球は白帯の部分のみ真上にボール一個分浮き上がって、また元の軌道に戻り、その後はエンドライン付近に突き刺さった。そんな事は物理的に絶対あり得ない。ただ少なくとも田中にはそう見えた。不思議だ。中井のショットはいつも芸術的だ。そして今回のそれには「神秘性」さえも加わる。

（凄い！）田中は目の前でマジックを見せられたかの如く、口をあんぐりと開けて、呆気に取られていたが、中井はドヤ顔の、ド、も見せず、淡々と、テンポよく次のショットを放っていった。

「これが基本な。でもこれじゃフォールトだから」で、次は二時から八時の角度、その次は一時半から七時半の角度、その次の次は一時から七時に打つイメージ（厳密にはラケットの軌道は違うがあくまでイメージだ）で、トスの位置を段々高く上げながら、ラケットを振り抜いた。すると打球はどうだろう。シュルシュルと、同じ感じで飛んでいく。違うのは打球の落ちる位置で、最後の一時から七時は、見事に相手のサービスラインのワイド側にオンラインした。簡単に遣って退ける。田中はあんぐりしたままだ。

「まあ、今のがスライスサーブだな。スライスのいいのは、必ずしもネットギリギリじゃなくていい点だ。擦れ具合で調整する」

「なるほど」

「で、勘違いしちゃいけないのは、スイングスピードで調整しちゃ、ダメって事」

「？」

「あくまでも、フルスイングだ。このあとスピンサーブも説明するけど、スピンも同じ。試合で使うセカンドサーブは、ほとんどスピンだけど、これをマスターすれば、大将のスイングスピードなら、少なくとも試合に負ける事は無いよ。ま、取り敢えず、スライスからやってみるか」

「はい」やってみた。上手くいかない。ここで初めて、中井は田中のグリップについて言及する。

「手首が上手く使えないだろ。今の大将の握り方だと、スライスとかスピン（サーブ）には向かないんだ」田中はフラットサーブを典型的な「厚い」握りで打っていた。厚いグリップで打つサーブの特徴は、イメージだと（あくまでもイメージだが）「ドカーン」という感じだ。中井は、それはそれで良しとしていたが、スライスとスピンをそのままのグリップで打つとなると、さすがに厳しいな、とも思っていた。中井は、所謂厚いグリップのウエスタン、薄いグリップのイースタン、その中間のコンチネンタルグリップについて、その名称も内容もあえて教えてはこなかった。そんなものはどうでもいい。一番打ち易い打ち方で打てばいい。本人が気持ちよく打てさえすれば、それがベストなのだ、という考え方で（少なくとも田中に対しては）やってきた。だが、サーブ、特にこのあと教えるスピンを打つとなれば、薄い握りの方が打ち易い。断然打ち易い。逆に言うと、今の田中の厚いグリップでは、メチャクチャ打ちにくいのだ。指導者が選手を「いじくる」のはよくないと、中井は強く思っていた。手取り足取りの指導というのは大嫌いだった。田中に対してもできるだけそうしてきたつもりだった。だが、サーブは、サーブだけは別だ。中井はこの件のみ、自分の信念を曲げた。中井は田中の握りを、自らの手を取って、教え、そして変えさせた。

「だから、こうやって握ってみな。ガッチリ握っちゃ駄目だよ。ブラブラさせて、何なら打つとき滑っちゃってもいいから。大将みたいなパワーヒッターは、最初チョット心細く感じるかもしれないけど、慣れると圧倒的にこっちの方がいいんだ。特にサーブは」コンチネンタルグリップだった。田中は言われるままにやってみた。確かに心細い。田中のいいところは素直なところだった。フルスイングでスライスサーブを打つ。一時から七時だ。意識的にボールを擦らせて打つ。その時だった。

「アッ！」グリップが滑り、本当にラケットが飛んで行ってしまった。

「すいません」（やっちまった！）田中は怒られるのかと思った。

「いや、いい！　それでいいんだ！」

「エッ？」

「いいんだよ大将、グッドだ！」思惑通りだ。こうも上手い具合に失敗してくれると、教える方もワクワクする。中井はしばらく田中にスライスサーブを打たせ続けた。田中を褒めたのが良かった。曲がる曲がる、切れる切れる。勿論フォールトばかりだったが、あとは数を熟《こな》すだけだった。経験で勘は掴める。自然と確率は上がってくる。中井は、田中がスライスサーブの練習をしている最中も、早くもスピンをどう説明するかを考えていた。

「大将、今のままでいい。今のまんまのブランブランさせた感じで」

「ブランブランさせた感じで」

「トスを十一時に上げる」

「十一時？」

「そう、十一時、頭の後ろだ」

「頭の後ろ？？」

「分かんねえよな。実際にやってみる方が早いな」やってみた。実際にやって見せた。山本五十六だ。中井は十一時に上げたトスをジャンプしながら打つ。頂点の十二時よりはやや低い打点なので、ボールを擦りながら跳ね上げるイメージだ。ラケットの軌道は十一時から一時。但し、丸い時計盤の円周をなぞるのではなく、一時の上方向へ、突き抜けていく感じだ。これはスピンサーブに特に意識するイメージだが、スライスサーブも同じだ。擦れさすのだが、なぞっては駄目だ。スパッと直線的に切り抜いた方が良い。あとは勝手にボールが回転して、バウンド後、より滑る、より跳ねる。果たして中井のスピンサーブは、跳ねる跳ねる、高く跳ねる、肩口より高く跳ねる。しかもバウンド後は、打球の反対側に跳ねる。教科書通りで教科書以上のスピンサーブ、いや、キックサーブだった。またしても田中はあんぐりだ。中井は先の田中との試合では、スピンサーブは一球も打っていない。田中にとっては「初めまして」だったのだ。

「フラット（サーブ）は、ちょっと違うけど、スピン（サーブ）はスライス（サーブ）の延長線上だよ。スピンのいい点はそんなにコースに神経質にならなくていいし、軌道が山なりだから、ネットする事が無い（確率が低い）。その割に跳ねるから、相手は簡単に強打できないんだ。但しボールにガッツリ回転が掛かっている事が条件だ。野球と同じ。ションベンカーブじゃ駄目。中途半端な回転量だと、却って相手の餌食になる」中井は、田中のスイングスピードを持ってすれば、物凄い回転量になる事を確信していた。思った通りだった。田中にスピンを打たせる。当然最初は明後日の方向に飛んでいく。ただその回転量は、着地後のバウンドの高さは、尋常ではなかった。

そして中井は、中井にとってやはり、残念な、というか、嫉妬、というか、予想通りの結果を見てしまう。残酷な事実だった。サービスボックスに納まった田中のサーブの威力は、中井のそれを遥かに凌いでいたのである。

田中⑥（デビュー）

「大将、明日な。エントリーしておいたから」

土曜日、突然。中井は田中に、草トーナメント参戦を告げた。強制的に、とか、無理やりに、とか、それぐらいならまだ抵抗の余地がある。だが田中にはそれすらも許されなかった。連絡でも報告でもない。「決定」なのだ。田中は明日、生まれて初めてのテニス対外試合に臨まなくてはならない。田中のYES、NOを聞かず、中井はその詳細を一方的に話し続ける。

「場所は千葉県柏中市の柏中セントラルテニスクラブ。九時集合。参加者の手続きが終わり次第即試合開始。エントリーはちょうど十六人だってさ。四人一組のラウンドロビンで、各組予選通過の同じ順位同士の総当たり戦。全部一セットマッチ。だから累計六試合できる。要するに優勝するには、六セット連取すればいいんだよ」

「え、え、ええ……」

「近いからな、俺の車で送るよ。八時半大将のアパート出発。前で待っててよ」

「あ、あ、ああ……」

気が付くと翌朝の日曜、つまり当日になっていた。田中はドキドキする暇もなかった。田中のアパートから会場までの約三十分、中井と田中は車内で二人っきりになってやっと詳しい話ができる。打ち合わせはこの三十分が勝負だ。中井も田中もこの三十分に賭けていた。その前に、大前提としての中井への質問だ。

「俺の名前でエントリー、って事は中井さんは?」

「してないよ、する訳ないじゃん、俺は今日は見学だよ」

「バレないですか?」

「バレないよ。『田中健次です』って電話エントリーしたんだから。まあ、草トーナメント常連の奴もいるからな。そういう奴らは別だけど、会場の誰もが大将の事なんか全く初めてなんだから、分かりゃしないよ。大将は、田中健次です、って言ってサインすればいいんだよ」中井と田中は同い年、所属はベアーズテニスクラブで問題無い。そこらあたりは主催者側もアバウトだ。

「大丈夫かなあ?」中井は(何が?)と聞き返しても良かったが、無駄なやり取りはしたくないので早速戦術面の話を始めた。例によって何々が何で、理由はこうで、だからこうして欲しいああして欲しいといった事前説明は全く無い。

「六割。いや半分。う~ん、半分も必要無いか。大将、四割だ四割、四〇%でいってくれ」

「何がですか?」何が?と聞いたのは田中の方だった。

「俺達の練習の」

「練習の四割?」

「そう、四割。大将、絶対にいつもの力で打っちゃ駄目だよ。いや違うか、これじゃ命令だな。田中さん、お願いですから今日の試合は、普段私と練習している時の、四割程度の力で臨んでください」

「ど、ど、どういう意味ですか?」

「いいからいいいから。初めての力試し、思いっ切りやりたい気持ちは分かるよ。だけどお願いだ。今日のところは俺の顔に免じて、俺の言う通りにやってくれ。頼む！」
「………」（頼むと言われてもなあ）
田中は、中井の意外な内容の懇願に、車内の中でこそ戸惑ったが、いざ会場に到着し、実際に対戦してみると、中井の真意が痛い程分かった。エントリーしてきた面子は田中の予想を遥かに超えていた。想像を絶する光景だった。いるわいるわ、ウジャウジャいる。禿茶瓶のジジイ。ビールっ腹のオヤジ。屋外でもそのヤニ臭さが分かるヘビースモーカーのオッサン。よくぞこんな奴らがエントリーしてきたもんだ。田中は会場入りしてすぐ、嫌悪感と絶望感に苛まれた。中井が耳打ちする。中井が宥める。中井が解説する。中井が申し訳なさそうに囁く。
「全員オッサンばかりじゃないから。四人中一人はまともな奴もいるから。そういうふうに主催者が割り振るから」（頼むよ、我慢しておくれ）
確かにその通りだった。中には若い社会人や、テニス歴十年二十年と思しき日焼けした四十代五十代の中堅プレーヤーもいた。田中はこれらに期待した。だが、期待は悲しい程に裏切られた。
第一試合。禿茶瓶。最初の禿茶瓶のサーブ。ウオッ！　と気合を入れて打ってる割にはへなちょこサーブだ。田中、あっさりリターンエース。田中がアドサイドに移動しようとすると、禿茶瓶はデュースコートでセカンドサーブを打ってきた。田中は当然「えっ？」と思った。禿茶瓶「最初の僕のサーブ、フォールトでしょ」なんて汚い野郎だ。田中のリターンエースを無かった事にしようとしているのだ。想像以上の（モラルの）レベルの低さだ。田中はこの一球で中井の言葉の意味を悟る。当然その後田中は、この禿茶瓶には一球も全力で打つ事なく完勝する。因みに禿茶瓶とビールっ腹とヘビースモーカー、それから青白い顔の骨と皮だけの奴が最下位グループだ。あとで聞くとこいつらはこの大会の常連だそうだ。田中は、これはこれでアッパレと思った。「マツコの知らない世界」ならぬ「ケンジの知らない世界」だった。

第二試合。茶髪のチャラ男。この男の第一試合を田中は見ていた。たいしたショットも決めていないくせに「カモーン！」と大声で叫ぶ、大馬鹿野郎だった。一球だけフラットサーブを打ってやった。例によって白帯ネットだったが凄い音がした。これで完全にビビった。中井の言う通りだ。あとは（田中にとっては未完成のションベン）スピンで十分だった。腰が引けたチャラ男は、全く返球ができない。圧勝。

第三試合。見るからに大ベテラン様。若い奴らを老練な技術で葬り去る、そういうテニスをやってきたんだろう。田中は最初の二ゲームだけ、ラリーに付き合ってやった。その二ゲームが終わる頃には、ベテラン様はグロッキーだった。老練な技術が通用するのはチャラ男の様に自滅する奴だけだ。ベテラン様のテニスは相手のミス待ちで、ウイニングショットは皆無だ。田中が中井とのラリーでミスしていたのは、中井のショットのレベルが高すぎていたからだ。ベテラン様との試合はウォーミングアップにもならなかった。楽勝。

田中は初出場にして、予選突破一位リーグ戦に臨む。少しは骨のあるやつに当たるかと思ったが、期待外れだった。ストレスが溜まった。その原因は、相手の技術の低さもあったが、それにも増して酷かったのが、セルフジャッジの汚さだった。田中の（田中にしてみればチョットカを入れたチョットだけ速い）サーブがラインギリギリの場合は、相手はほとんどフォールトのコールをした。いや、百歩譲ってオンライン程度ならそれも許せるが、明らかな、完全なインに対してもこいつらはフォールトのコールをしてきた。田中の内心は（完全に入ってるだろうが！　インチキするんじゃねえよ、この豚野郎！）だった。中井を見た。というよりも正確には中井が田中の視線に自ら飛び込んで来たのだ。中井が何かジェスチャーをしている。あの中井が田中を鎮めている（やめろ！　大将。気持ちは分かるけど、落ち着け、落ち着け！）。田中はすんでのところで何とか自分にブレーキを掛けた。そうか、テレビでよく見るあれか。プレーヤーが、何やら視線を向けているあれか。コーチ陣とアイコンタクトをしている、これか。田中は苦笑いをした。よく分かったよく分かった。初の対外試合に出場してよく分かった。中井の言っていた事がよくよく分かった。中井のアドバイスを聞かず、すべてのショットを全力で打っていたら、相手選手と、そして主催者のスタッフともたちまちトラブルになっていただろう。中井の言った「出入り禁止」は、大袈裟でも何でも無かった。田中は百の練習より、一の試合で有形無形の貴重な経験をしたのであった。

結果、田中はあっさり優勝。リストバンドと缶入りニューボール六個が、初の優勝賞品だった。田中は拍子抜けしていた。こんなにも簡単に勝てるものか。だが、田中が毎日相手しているのは、例え二十年前とはいえ、世界最高レベルの大会で準優勝した男なのだ。高々この程度のレベルの草トーナメントであれば、客観的な視点に立てば、勝つのは至極当然の事であった。

「ゴメンな、大将」

帰りの車中、中井が運転、田中が助手席の座り位置。中井は運転なので、勿論進行方向を、田中も視線は正面を見据えたままだった。中井にしてはか細い声で、本当に申し訳ないという、気持ちのこもった謝罪だった。中井は分かっていた。田中の気持ちを分かっていた。中井は東京オープンのドロップアウト後、偽名を使って何大会か草トーナメントに出場した経験を持つ。レベルは千差万別、ピンキリだったが、中井の情熱を再び呼び起こすまでには至らなかった。中井が得たものは、むしろ虚無感だった。だから田中の気持ちは痛い程分かる。

謝罪する側される側、気持ちは伝わるものだ。誠心誠意謝れば、それは必ず人に伝わる。中井は今まで、ワルい、とか、スマン、とかいった類の言葉を田中に発してきてはいたが、今日のゴメン、は格別だった。田中には本当に、悪かった、すまなかった、という気持ちがひしひしと伝わってきた。面と向かわないのがお互い照れ隠しができてそれも良かった。密閉された狭い空間で二人きりになり、独特の雰囲気の中での会話は、今までに無かったものになった。

「いえ……」(中井さんが謝る事は無いですよ)

「もうちょっとマシかと思ったんだけど」

「………」

「怒ってる?」

「怒って無いですよ」

「本当?」

「本当です」

「本当? 本当に怒って無い?」

「だから、本当に怒って無いですよ！」完全にすねた彼女と宥める彼氏だ。

「………」「………」交差点で停止。しばらくお互い無言の時間が続く。赤信号が青に変わる。中井は発進を切っ掛けに田中に話し掛ける。お得意様への営業トークの様だった。

「あっ、そうだ、あっ、いや優勝おめでとう、じゃない、おめでとうございます！　初出場で初優勝、見事でしたね」

「ありがとうございます」

「いかがでしたか？　初参戦の感想は」

「………」田中は無視している訳ではないのだが、中井の低姿勢のジョークに上手く対応できない。

「この喜びを誰に伝えますか？」中井はインタビュアーを装っている。ええいっ、こうなったら、乗っかってやれ。

「日本で、故郷《くに》でテレビを見ていてくれているはずの両親に」

「ご両親にですね。それではメッセージをどうぞ」

「はい、それが実は、私の父と母は私が生まれてすぐ離婚しておりまして、私は母の女手一つで育てられました」（嘘エピソードだ）

「田中さんが生まれてすぐ、女手一つで、それではお父様の御記憶は？」

「全くありません」

「………」（もしかして俺と貴美子と優花の事言ってんのか？）

「経済的に厳しいのに、母は私のテニスプレーヤーとしての夢を全面的にバックアップしてくれました。今日があるのは母のお陰です。父については一時恨みましたが、母の口癖は、お父さんを憎んではいけないよ、でした。父の存在は分かりませんが、きっと陰で今日の勝利を喜んでくれていると信じています」

「……」（この野郎、俺の事じゃねえか！）

「はい、それと」

「それと？」

「これまで私を指導してくださった、コーチに感謝します」

「！！！」中井はビクッとした。今まで中井に突っ込まれた分、今度は田中の逆襲だ。田中は自分でも驚くぐらいの長台詞を喋った。二人の車内の位置関係が、並行してぶつからない目線（中井は運転中でこっちを見る事ができないという安心感）がそうさせた。

「今日の相手は、それはそれは酷い連中でした。死ぬ程口臭が臭い奴がいました。大した事ないのに大袈裟にカモーン、って叫ぶ奴もいました。完全に入ってるのにアウトって言ったり、フォールトって言ったり、私のリターンエースを認めない奴もいました。どいつもこいつも不愉快な奴らばかりでした。私のコーチは私との練習試合で、私の不確かなサービスをインと認めました。今日のセコい奴らに比べて、なんと潔い事でしょう。『正々堂々』戦う事を、そしてセルフジャッジは「自分に厳しく、相手に優しく」という事を学びました。また、試合前には適切なアドバイスをいただきました。アドバイスが無かったら、大変な事になっていたと思います。今日の試合中も、エキサイトする私を必死に落ち着かせてくれました。コーチがいなかったら、僕は相手選手に殴り掛かっていたかもしれません。試合はコーチとの練習に比べれば屁にもなりませんでした。改めて今日まで私を育ててくださったコーチに、感謝申し上げます」冗談を冗談で返すには、あまりにも強烈過ぎるカウンターだった。田中はショットだけでなく、トークでもカウンターを身に付けたのか？

「……」

田中はチラッと中井を見た。優花について話した時と同じだ。けれども、今中井は運転中。もう下手な事はできない。田中は、視線を正面に戻そうとしたその僅かの寄り道で、中井の表情が変わっているのを発見した。二度見して確認したい。だが、もう露骨に中井の横顔を見直す事はできない。田中はあえて見直さず、正面を見続けた。今はカッコいい中井でいて欲しい。いつも通りの皮肉屋でクールな中井でいて欲しい。でも田中は見た。確かに見た。まさかとは思ったが、中井の瞳に間違いなく光るものがあったのだ。

（涙？）

田中は不可解だった。田中には、自分の発言がそれほどまでに中井の心を動かしている自覚は無い。だが中井の捉え方は違っていた。中井は柄にもなく、そして間違いなく「感動」していたのだ。

その後、二人は終始無言だった。お互いが、お互いの気持ちに思いを張り巡らせる。二人は図らずも同じ事を考えていた。（俺はどうして、これほどまでにこの男に惹かれるのだろう？）と。

田中の理由は簡単明瞭だった。中井は自分に無いものすべてを持っている。そう信じて疑わなかった。端正なマスク、しなやかな肉体、華麗な身のこなし、軽快なフットワーク、多彩なショット。（離婚したとはいえ）美しくて聡明な妻、可愛い娘。キャプソンという大企業に勤め、経済的に安定した生活。その他細かい事を挙げていったらキリが無い。要するに田中にとって中井は、羨望の的であった。いや、今もそう、であるのだ。

対して、中井のそれは田中とは真反対だった。中井は実は内心、俺は何一つ手に入れていない、と自身を卑下していた。中井の思いはむしろ逆だった。田中の方こそ、自分に無いものすべてを持っていると感じていたのだ。屈強な肉体、チマチマしたラリーなど、一発で粉砕するビッグショット、その思い切りの良さ。他人《ひと》を思いやれる優しさ、その裏側にある真の強さ。最近ではレッスンで、そして今日の試合を通じて特に強く田中を印象付けたのは、その真摯さ、ひたむきさ、だった。

中井は羨ましかった。自分に無い、というよりも「自分が失ったもの」を田中は持っていると感じていたのだ。失った輝き。それを田中が思い出させてくれた。今日の田中は、今まで田舎の片隅でマンツーマン指導を受けていた高校球児が、初めて地方大会に出場するようなものだった。そして同じく今日の中井の立ち位置は、その高校球児を見守る、野球部監督の様なものだったのだ。

眩しい。

素直にそう思った。だが中井はその思いだけに留まらなかった。中井の心の奥底から、マグマの様に何かが沸き上がる。中井は紛れもなく、田中から何らかの刺激を受けていたのだ。そして思い直した。違う！　俺は田中の監督でも父兄でもない。第三者ではない、俺も当事者なのだ。「現役選手」なのだ！と。

各々の思いを余所に、車は田中のアパートに到着した。明日からはまた元請けと下請けの関係の日常に戻る。内心は別として、二人は普通のお別れの挨拶をする、つもりだった。だがそれができたのは田中だけで中井はできない。中井は……中井は未練タラタラだったのだ。

「ありがとうございました。行きも帰りも運転手させてしまって、何かスミマセン」

「とんでもねえよ。元々俺が勝手にブッキングしちゃったんだし」

「また明日からも指導、よろしくお願いします！」

「指導？　ああっ、そう、し、指導ね」

「?.?.?.」中井の意外なリアクションに田中は戸惑った。「オウ！　覚悟しておけよ！」ぐらいの返事を予想していたのだ。その答えを期待して、田中が念を押す。

「頼みますよコーチ！」

「コーチ?.」

田中はまたも「?.?.?.」だった。何で「任せとけ！」じゃないの？　それを察して中井が切り出した。

「大将、指導もコーチもいいんだけどよう」モジモジしたトーンだった。

「エッ?.」（どういう事?.）

「いや、その、あの、車の中で思ってたんだけどね」

「はい?.」

田中のはい?.のあと少し間があった。田中の疑問には応えてやるべきだが、中井は何か隠し事があるようだった。すこしはにかんでいる。そしてポツリとこう呟いた。聞き取れるか取れないか、ギリギリの小声で。
「大将、俺も……」

つづく

憧れの『センターコート』まで

男たちの快進撃は続く…!!

下巻、2021 年 3 月上旬発売予定

センターコート（上）

2021年2月10日　第1刷発行

著　者　　中庭球児
発行人　　久保田貴幸

発行元　　株式会社 幻冬舎メディアコンサルティング
〒151-0051　東京都渋谷区千駄ヶ谷4-9-7
電話　03-5411-6440（編集）

発売元　　株式会社 幻冬舎
〒151-0051　東京都渋谷区千駄ヶ谷4-9-7
電話　03-5411-6222（営業）

印刷・製本　中央精版印刷株式会社
装　丁　　三浦文我

検印廃止

Printed in Japan
ISBN 978-4-344-93289-0 C0093
幻冬舎メディアコンサルティングHP
http://www.gentosha-mc.com/